哦，神秘的星空，辽阔的星空！
你是天空的花朵与宝石；
你是夜的眸子；
你是被夜色的黑纱蒙住的瑰丽的诗篇……

哦，伟大的星空，复杂的星空！
你从平庸和渺小中，
从寂寞和孤独的深渊中，
召唤着人们，
从一颗星走向另一颗星，
永不止息、永无止境地
在未知的领域里追寻着和探索着……

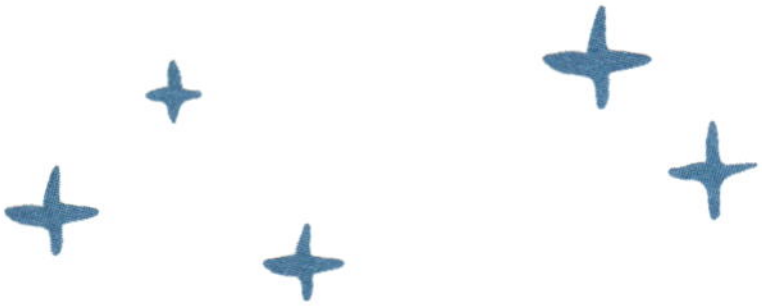

---◆ 少年人文美文系列 ◆---

群星闪耀的夜空

科学故事卷

徐鲁 著

中原出版传媒集团
中原传媒股份公司

大象出版社
·郑州·

图书在版编目（CIP）数据

群星闪耀的夜空：科学故事卷 / 徐鲁著. — 郑州：大象出版社，2022.4
（少年人文美文系列）
ISBN 978-7-5711-1379-7

Ⅰ. ①群… Ⅱ. ①徐… Ⅲ. ①散文集-中国-当代 Ⅳ. ①I267

中国版本图书馆 CIP 数据核字（2022）第 043091 号

少年人文美文系列

群星闪耀的夜空 科学故事卷
QUNXING SHANYAO DE YEKONG KEXUE GUSHI JUAN

徐 鲁 著

出 版 人	汪林中
策划编辑	张桂枝 孟建华
项目统筹	司 雯
责任编辑	崔炳枝
责任校对	毛 路 张迎娟
装帧设计	王莉娟

出版发行 大象出版社（郑州市郑东新区祥盛街27号 邮政编码450016）
　　　　　发行科 0371-63863551　总编室 0371-65597936
网　　址 www.daxiang.cn
印　　刷 河南瑞之光印刷股份有限公司
经　　销 各地新华书店经销
开　　本 890 mm×1240 mm 1/32
印　　张 9
字　　数 150 千字
版　　次 2022 年 4 月第 1 版　2022 年 4 月第 1 次印刷
定　　价 32.00 元

若发现印、装质量问题，影响阅读，请与承印厂联系调换。
印厂地址　武陟县产业集聚区东区（詹店镇）泰安路与昌平路交叉口
邮政编码　454950　　　　电话　0371-63956290

目 录
Contents

001　人类群星闪耀时（代序）
　　　——致少年的你

001　**穿越时空的光芒**
003　"蔡侯纸"的故事
010　张衡的奇思妙想
014　陆羽写《茶经》
017　从玩泥巴到活字印刷术
020　《梦溪笔谈》的故事
025　黄婆婆的"玫瑰云"
031　《本草纲目》的故事
035　《天工开物》的故事

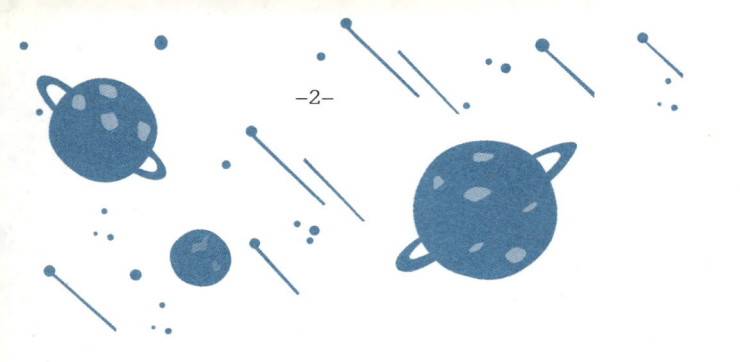

043　月亮上的环形山

045　敲打石头的人

054　"水滴石穿"与"一丝不苟"

058　从小牧童到数学家

063　远方的火焰

070　阁楼上的灯光

084　月亮上的环形山

091　摘星星的小女孩

100　享受物理学之美

105　远方的人们

111　此生属于祖国

118　深藏功名的"打猎人"

131　寸草春晖

- 137 必须找到那滴雨
- 143 发现小草的秘密
- 156 "数学怪人"
- 165 擦亮"中国天眼"的人
- 175 我爱你,中国
- 183 千万颗飞扬的种子

193 追寻万物的秘密

- 195 会思想的苇草
- 200 牛顿的苹果
- 205 捕捉闪电的人
- 210 渔夫的儿子
- 215 "数学王子"
- 220 河边的男孩
- 227 哭泣的昆虫
- 233 元素周期律是怎样发现的

238 "妈妈,我还没孵出小鸡来呀!"
243 镭的光芒
249 "怪小孩"
255 "狄拉克小路"
260 谁从我童年的窗外走过
264 追寻万物的秘密
269 云杉与丝柏

人类群星闪耀时（代序）
——致少年的你

曾有一个不眠之夜，我仰望着夜空中浩繁的群星，突然生出一个奇怪的想法——假如全世界每一位正在仰望星空的人，此刻都在自己的窗口同时挂起一盏彩灯，我们一定会为这遍布世界、密集和苏醒的灯盏而大吃一惊！假若再换一个视角，比如从茫茫的星空俯瞰人间，那是不是可以说，比变幻莫测的宇宙的星际更为神秘也更为活跃的，是人类思想的星空呢？

哦，谁不喜欢仰望星空、畅读星空？谁不喜欢尽情地翻阅着美丽星空的每一章、每一页？当我们仰望神秘而美丽的星空时，我们的目光，追寻在它或明或暗、时隐时现的运动之中。此刻，我们的思想也仿佛变成了某个明亮的星体，自由地运行在那无穷无尽的时空的天堑之中，运行在那美丽的太空的街市之上，从某一个坐标轴的交点，到另一个坐标轴的交点；从一团星宿，到另一团星宿……

哦，神秘的星空，辽阔的星空！你是天空的花朵与宝石；你是夜的眸子；你是被夜色的黑纱蒙住的瑰丽的诗篇……

哦，伟大的星空，复杂的星空！你从平庸和渺小中，从寂寞和孤独的深渊中，召唤着人们，从一颗星走向另一颗星，永不止息、永无止境地在未知的领域里追寻着和探索着。通向星空的道路有多么艰难，但是，古往今来，有多少人仍然孜孜不倦地在追寻和探索着你的每一章、每一页、每一个黑洞……

深邃的、浩繁的、光明的巨卷啊！因为你的参照，即使我们这已经拥有了45亿年寿命的地球，也只不过是大宇宙中能量极其微小的一粒与一瞬而已。所以我相信，在你的万千秘密和深奥之中，一定包藏着一些终极的真理；我相信，一旦破译出那些千古之谜，整个人类的心灵将会变得更加富有、更加和谐、更加丰富和自由！

浩瀚的宇宙星空中，无论是月球上那些隐约可见的环形山，还是每一颗耀眼的星星、每一个光华熠熠的星座，都仿佛是一个个伟大的科学家的生命。那些拥有国际编号的一颗颗美丽的小行星，有的命名为"钱学森星"，有的命名为"华罗庚星"，有的命名为"屠呦呦星"……人类的伟大而漫长的科学史，不正像是一条科学群星在闪耀的星河吗？

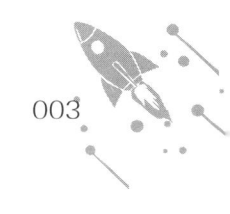

我期待，《群星闪耀的夜空》这本科学故事美文集，能引导少年的你，从一颗星走向另一颗星，从一个星座走向另一个星座，遨游在人类科学浩瀚、美丽的星空之中……

一说到科学和科学家，我相信，很多人马上就会想到卡尔·马克思的那段名言："在科学的道路上，是没有平坦的大道可走的。只有那些不畏艰险、沿着陡峭山路向上攀登的人，才有希望到达光辉的顶点。"是的，古今中外，人类在科学领域里的每一次发现、每一项发明，人类在科学探索的道路上每往前迈进一小步，都离不开科学家们艰辛的付出和勇敢的攀登。有不少人，甚至为科学事业献出了自己宝贵的生命。

因此，在写这些科学和科学家故事的时候，我时刻提醒自己：我要写出一本能给少年朋友们带来启迪、力量和温暖的"励志之书"，不仅仅讲述科学家的奇思妙想和逸闻趣事，更要礼赞人类勇敢、伟大和永不止息的探索精神！

大文学家高尔基生前曾写信给法国作家罗曼·罗兰说："我恳请您，能为少年们写一本《贝多芬的故事》，同时我也要请求作家威尔斯，为少年们写一本《爱迪生的故事》。我很想邀请一些优秀作家参与，为儿童们创作一套丛书，包括人类伟大的思想家、科学家在内。所有这些书，都将由我来编辑出版。您很清楚，在今天，没有谁像儿童们这样需要我们的关怀。我们这些成年人不久就要离开这个世界，我们将留给儿童们一份微不足道的遗产。"

在另一个场合，高尔基又说道："世界是属于孩子们的，我们会衰老、死去；他们正在我们的地位上像新的光辉的火焰一样燃烧着。正是他们使生活创造的火焰不灭。因此，我说，儿童是永生的！"

我在查阅各种传记资料、撰写这些科学家故事的日日夜夜里，也常常想到高尔基的这些话，不时地会被科学家们献身科学理想的崇高情怀和坚忍不拔、勇敢无畏的精神与毅力深深感动。例如，在写居里夫人的故事时，我重读了散文家梁衡先生的散文名篇《跨越百年的美丽》，这篇散文不仅写出了居里夫人以毕生的努力终于发现了镭的美丽荧光，也写出了居里夫人热爱科学事业、坚守自己的信念和追求、不屈不挠地为伟大的梦想献身的高尚人格。

有一天，疲劳至极的居里夫人揉着酸痛的后腰，隔着满桌的试管、量杯问皮埃尔："你说，这镭会是什么样子？"皮埃尔回答她说："我只是希望它有美丽的颜色。"经过3年多的努力，他们终于在几吨的矿渣中提炼出了0.1克珍贵的镭。它真的有极美丽的颜色，在幽暗的破木棚里发出略带蓝色的荧光。

在发现了镭之后，居里夫人仍然没有停下求索的脚步，她日夜不停、忘我地工作着。但同时，镭射线也在无声地侵蚀着她的肌体。她美丽健康的容貌在悄悄地消逝，她逐渐变得眼花耳鸣、浑身乏力。皮埃尔的不幸早逝，社会对女性的歧视，更加重了她生活和思想上的负担。但她什么也不管，只是默默地、全身心地投入到工作中。

居里夫人说过："我们的生活都不容易，但是那有什么关系？我们必须有恒心，尤其要有自信力！我们必须相信我们的天赋是用来做某种事情的，无论代价多么大，这种事情必须做到。"

最终，她从一个漂亮的小姑娘，一位有着鲜活生命的端庄、坚毅的科学家，变成了科学教科书里的一个新名词"放射线"，变成了物理学的一个新的计量单位"居里"，变成了一条条科学定律和科学史上的一块永远的里程碑……这，也许就是所有伟大的、杰出的科学家的命运和人生轨迹吧！

我的恩师徐迟先生曾经写过很多以科学家为主人公的报告文学作品，以抒情诗人的文笔，赞美过这种科学之美："这些是人类思维的花朵。这些是空谷幽兰、高寒杜鹃，老林中的人参，冰山上的雪莲，绝顶上的灵芝，抽象思维的牡丹。"

亲爱的少年，我希望你们从这些美文故事里，采摘到美

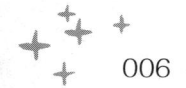

丽的"空谷幽兰"和珍贵的"高寒杜鹃",领略到文学、音乐、绘画、舞蹈、建筑等不同的美,它们是色彩斑斓、气象万千的"科学之美"。

穿越时空的光芒

「蔡侯纸」的故事
张衡的奇思妙想
陆羽写《茶经》
从玩泥巴到活字印刷术
《梦溪笔谈》的故事
黄婆婆的「玫瑰云」
《本草纲目》的故事
《天工开物》的故事

"蔡侯纸"的故事

*

造纸术是中国献给世界、献给人类文明最美的礼物之一。

纸的发明,使中华民族的文明得到了长久的传承和延续。随着国家与国家之间的贸易交流,尤其是沿着古代的丝绸之路,造纸术很快由中国传到了欧洲,在全世界流传开来,也有力地推动了西方的文明进程。所以说,造纸术是中国古代科学家献给世界、献给人类文明最美的礼物之一。

蔡伦(约62—121),字敬仲,是东汉时期桂阳(今湖南耒阳)人。蔡伦从小就在京都洛阳宫廷里当仆人,还曾当过"小黄门"(宦官中的低等官职),因为忠厚勤劳,得到了皇帝的赏识,提升为尚方令。

蔡伦在担任尚方令的时候,总结以往人们的造纸经验,改进了造纸工艺,制成了前所未有的纸张,人们称这种纸为"蔡侯纸"。

在"蔡侯纸"出现之前,我们今天能看到的陕西省西安等地出土的一些"古纸",大都是用麻皮制成,质地粗糙,不便书写。而更早的书写材料,是龟甲和兽骨。后来,古人把文字铸在钟鼎上。之后,人们又把文字刻在木简或竹简上。在竹木上刻字显然很麻烦,据说,秦始皇每天批阅的用竹简写的奏折就重达25公斤。

又经过了一段时间,有人发现,把字写在丝帛上比刻在竹简上要方便很多。不过,丝帛昂贵,成本很高,一般读书人根本用不起这种材料。

东汉时,在皇宫里当差的蔡伦,负责主管和监制宫中所用的各种器物。蔡伦聪明过人,做事肯动脑筋,经常和一些能工巧匠一起研究制作各类工艺品。

蔡伦看到,皇帝每天都要批阅堆成小山一样的简牍,实在是很不方便,而且,那么多的竹简越堆越多,那得多大的房子来存放啊!于是他开始琢磨怎样才能制作出一种轻便易用的书写材料,来取代这些笨重的竹木简牍。

轻薄方便的丝帛,当然是蔡伦首先考虑的材料。可是,丝帛的原材料毕竟来之不易,种桑养蚕,抽取蚕丝,再制成丝帛,成本实在是太高了。不过,蔡伦仔细观察了丝帛的生产过程,从分析丝帛的结构入手,发现它是由纤细的短纤维互相黏合而成的。于是他想象着,自己要寻找的新材料,既

要与丝帛的结构相仿，又要容易获得、成本低廉。从此，他处处留意寻觅这种新材料。

有一天，蔡伦和宫里的几个小太监出城办事，经过一处山谷间的小溪时，小太监们嘻嘻哈哈，在溪边洗脸、洗手，蔡伦的目光却被溪流上漂浮着的一些东西吸引住了。他找了根棍子，把那些破破烂烂的、像棉絮一样薄薄的东西捞了上来，翻来覆去仔细地看。

有个小太监正要走上去，抓起那些絮状的东西重新扔进溪水里，蔡伦却一把制止了他，嘴里喃喃地说道："别扔，别扔，我总算找到它了，找到了！"小太监们都觉得莫名其妙：找到什么了呢？难道是这些破烂玩意儿吗？

只见蔡伦站起身，向四周望了望，看见不远处有个农夫正在溪边挑水浇地。蔡伦赶紧跑过去，请教农夫："老人家，您知道这东西是怎么形成的吗？"

农夫一看蔡伦手里的东西，不解地问道："你拿这些做什么？这不就是漂在河里的树皮、烂麻、野藤子，还有破渔网什么的，它们被水冲呀、泡呀，再加上风吹日晒，日子长了就腐烂成这样子了。你看，溪流边上，还有溪水边的那些树根下，到处都是呢！"

蔡伦谢过了农夫，就让小太监们又打捞上来一些絮状的漂浮物，高高兴兴地带回了宫中。回到宫中，蔡伦让人找来一些树皮、麻皮、破麻布、旧渔网等东西，又让工匠们把它们一一剪断、捣碎，放在一个大水池中浸泡。等它们沤烂了，他就开始了试验和制作。

这些东西里头，有的成分烂掉了，但是所带有的纤维却不易腐烂，就保留了下来。他让工匠们把沤过的原料捞起来，放入石臼中，不停地捶打和搅拌，直到它们变成了浆状物。然后，他再用竹篾把这些黏糊糊的东西挑起来，把它们摊成薄薄的一层，等晾干之后，轻轻揭下来，就变成了一张薄薄的纸。

蔡伦带着工匠们经过反复试验，最终找到了最合适的带有细纤维的麻、草、树皮等易得的材料，制造出了轻薄柔韧、取材容易而又成本低廉的纸张。

不久，皇帝颁旨，向全国推广了蔡伦的造纸法。"蔡侯纸"发明后，很快就沿着丝绸之路传播到了西域各地。但是，造纸技术的真正西传，是在中国的盛唐时代。

751年，中国唐朝与新崛起的大食之间发生了一场"怛罗斯之战"。历史学家说，这是中国造纸术西传的一个戏剧性的情节。

究竟是怎么一回事呢？原来，当时唐朝镇守西北边陲的节度使高仙芝，率领唐朝军队在与大食的一个将领率领的军队作战时，遭遇了失败。在被俘的唐朝将士中，有几位懂得造纸技艺的工匠。出人意外的是，这几个工匠在大食受到了"重用"，他们没有像别的俘虏一样被逼迫着去干苦力，而是手把手地教大食人造纸。中国的造纸术，就这样直接传到了阿拉伯地区。

在今天的乌兹别克斯坦的撒马尔罕城郊外，有一个名叫麦罗思的小村子，村里有一个叫科尼·吉尔的手工造纸作坊，作坊里仍然保留着最传统的桑皮纸制造技艺。

桑皮纸，中国古代又称为"汉皮纸"，迄今已有1800多年的历史了，被称为"造纸业的活化石"。桑皮纸的全部制作工序，包括剥皮、浸泡、锅煮、捶打、晾晒、磨压等，全部用手工完成。保存在乌兹别克斯坦的小村庄里的这个传统造纸作坊，虽然又小又简陋，却是中国造纸术沿着丝绸之路向西方传播的重要见证。

中国造纸术从撒马尔罕地区继续向外传播，不久，巴格达也出现了有中国工匠的造纸作坊。

随着中国造纸术的继续传播，叙利亚大马士革人就地取材，用这种造纸术制造出了最早的"亚麻纸"。当时，叙利亚有一位皮货商人兼诗人，名字叫塔利比，他在诗中得意地赞美说:"在撒马尔罕的特产中,最美丽的东西就是纸,美丽的纸啊,只出产在中国和我们这里。"

因为造纸技术的迅速普及,830年,巴格达成立了一个由科学院、图书馆和译学馆组成的"智慧宫",专门负责经典的翻译工作。像亚里士多德、柏拉图等人的哲学著作,当时都被翻译成了叙利亚文和阿拉伯文。

接着,中国纸和阿拉伯纸,又传播到了欧洲更多的地方,最终代替了欧洲成本高昂、书写和携带都极其不便的"羊皮纸",为东西方文化的交流与传播,提供了更大的便利。

1276年,意大利出现了第一家造纸厂。到14世纪时,德国的科隆、纽伦堡也出现了造纸厂。以前,德国要想印刷出一本《圣经》,需要使用300张羔羊皮制作的羊皮纸。有了纤维纸后,《圣经》的印制成本大大降低了,基督教文化也伴随着《圣经》的大量印刷,得到了更广泛的传播。

从15世纪初到17世纪末,波兰、英国、奥地利、俄罗斯、挪威也出现了造纸厂。美国、澳大利亚分别在1690年、1868年才开始造纸。

有人仔细地计算过,中国造纸术从"怛罗斯之战"后的首次西传开始,到完全在西方普及开来,整整经过了1100年。

中国造纸术的发明,对中国和世界文化的传播及世界文

明的进步，作出了杰出的贡献。

蔡伦千百年来备受人们的尊崇。人们为了纪念他，把他造的这种纸称为"蔡侯纸"，后世的纸工们还把蔡伦奉为"造纸祖师"和"纸圣"。

在美国学者麦克·哈特撰写的《影响人类历史进程的100名人排行榜》中，蔡伦排在第七位；美国《时代》周刊公布的"有史以来的最佳发明家"，蔡伦的名字也赫然在列。

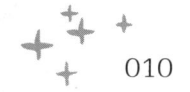

张衡的奇思妙想

———— ✳ ————

张衡的候风地动仪是世界上第一架测定地震方位的仪器。

我国东汉时期的天文学家张衡(78—139)制作的那个珍贵的候风地动仪,因为历史久远没能保存下来。现代科学家根据一些典籍里的描述,仿照候风地动仪的样子复制了一个木质模型,陈列在北京的中国国家博物馆里。每当人们看见这个候风地动仪模型,就会情不自禁地对中国古代这位伟大的科学家生出无限的敬佩之情。

张衡是一个"通才",不仅是伟大的天文学家,为祖国的天文学、机械技术、地震学的发展作出了不可磨灭的贡献,而且在数学、地理、绘画和文学等方面,也都拥有骄人的成就。例如,他写的散文《二京赋》《思玄赋》等,都是中国古代散文史上的名篇。张衡还是东汉中期"浑天说"的代表人物之一,他坚持认为,月球本身并不发光,月光其实是太阳光的反射。他还写文章清楚地解释了月食的成因。因为张衡杰出的科学见解和发明成就，国外有的学者把他和古希腊科学家托勒密相提并论。国际上统一编号为1802号的一颗小行星，就是以张衡的名字命名的。

张衡是南阳郡西鄂（今河南南阳石桥镇）人，17岁的时候就离开了家乡，先后到长安和洛阳游学。当时的洛阳、长安都是很繁华的城市，城里的王公贵族过的是骄奢淫逸的生活。张衡看到这些后，心生反感，就以此来告诫自己，远离享乐之地和名利场，专心读书，以求报国之门。

张衡从小就喜欢数学和天象观察，后来他被选进皇宫做了"太史令"，专门负责观察和记录天文变化，这个工作正好符合他少年时代的志向和兴趣。

经过一番观察和研究，他断定地球是圆的，月亮是借助太阳的照射才能反射出光来。他还认为，天空好像鸡蛋壳，包在大地的外面；而大地好像是鸡蛋黄，被夹在天空的中间。这个学说，现在看来不是很确切，但在那个年代能有这种见解，实在是了不起。这种见解，打破了在漫长的年代里笼罩在中国人心头的一种对天地自然的茫然和迷信。

张衡生活的那个时期，经常发生地震，有时候一年一次，有时候一年多次。每次发生了大地震，都会死伤许多人畜。当时的封建帝王和一般百姓都把地震看作是不吉利的征兆，

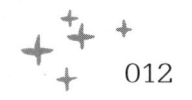

有的骗子还趁机宣扬因果报应、老天爷发怒之类的迷信，愚弄百姓，诈取百姓财富。

张衡却认为地震是有规律可循的。所以在每次地震后，他都会详细记下地震发生的时间、地点、周围的状况，然后对这些地震现象进行细心的考察、辨析和研究。后来，他发明了一个能测定地震方位的候风地动仪。

候风地动仪是用青铜制造的，外形看上去就像一个大酒樽，圆径八尺（汉代的八尺约合今1.8~1.9米），顶部有凸起的盖子，中间有铜柱，表面镶着八条龙，龙头分别朝向东、西、南、北和东南、西南、东北、西北，所谓"四面八方"。每一条龙的嘴里各衔着一颗铜球，龙头下面，蹲着一个铜制的蛤蟆，蛤蟆仰着头，张大嘴巴，随时准备接住龙嘴里吐出的铜球。如果哪个方向发生了地震，朝着那个方向的龙嘴就会自动张开，把铜球吐出，铜球掉到蛤蟆的嘴里，会发出响亮的声音。

那么，是什么导致龙嘴吐出铜球呢？原来"酒樽"中间有一根很重的铜柱，上粗下细，大地上稍有震动，铜柱便会歪斜，铜柱周围有八根曲杆连接龙头，铜柱倒向哪方，哪方的曲杆受压后就会触动龙头，把铜球吐出来。

138年二月初三，张衡制作的候风地动仪正对着西方的龙嘴突然张开，吐出了铜球。这表明，西部发生了地震。

可是，那天整个洛阳很平静，也没有听说哪儿发生了地震。因此，大伙儿纷纷议论说，张衡的候风地动仪是骗人的玩意儿，张衡根本就是在造谣生事。

但是张衡坚信，那天西边某地一定发生了地震。他的一些亲朋好友都提心吊胆，为他的说法捏了一把汗。眼看三天就要过去了，仍无人来报告西方发生了地震的消息。第三天傍晚，有人闯进张衡的家，让他火速去见皇上。张衡气定神闲，可在场的人已经吓得面无人色。张衡来到皇上跟前，才明确得知，远方有驿马星夜奔驰来报，离洛阳1000多里地的金城、陇西一带，确实发生了大地震！这下，大家终于相信了张衡和他的候风地动仪。

张衡的一生是发明创造的一生。除了这个失传的候风地动仪，他还发明了世界上第一架自动的天文仪器——依靠流水转动的"浑天仪"，他还制造过自动车、自动木鸟、指南车等。张衡的候风地动仪是世界上第一架测定地震方位的仪器，直到1700年以后，欧洲才有人利用同样的原理发明了现代的测定地震方位的仪器。

陆羽写《茶经》

《茶经》是中国古代茶艺的"小百科全书"。

陆羽（733—约804）是唐代著名的茶学专家，被誉为"茶圣"。陆羽还是一位地理学家，对地理山水和地方志多有研究，编写了多种地方志书。例如，他在流寓浙西期间，为湖州、无锡、苏州和杭州编写了《吴兴记》《吴兴图经》《慧山记》《虎丘山记》《灵隐天竺二寺记》《武林山记》等多种地方志和名山志。当然，陆羽最大的科学成就是撰写了《茶经》一书。

陆羽出生在唐朝复州竟陵（今湖北天门）。陆羽的身世十分悲惨，他是一个被遗弃的孩子。733年，深秋时节的一个清晨，地上铺满了清冷的白霜。住在竟陵龙盖寺的智积禅师，路过寺外的一座小桥时，忽然听见从桥下传来了大雁哀鸣的声音。心地善良的禅师走近一看，只见几只大雁正在用翅膀护卫着一个婴儿，婴儿已经冻得瑟瑟发抖，生命垂危。禅师赶紧把他抱回寺中，收养了他。

这个可怜的婴儿，就是"茶圣"陆羽。"陆羽"这个名字，含有对大雁用羽毛护卫他的生命的感恩之意。当年的那座小石桥，后来就被人们称为"古雁桥"，桥附近的街道被称为"雁叫街"。这些遗迹至今还在。

小陆羽长大了一点儿后，开始勤奋念书。老禅师还给他请了一位有学问的老师，不仅教他熟读诗书，还教他传统"茶艺"。12岁那年，小陆羽离开了龙盖寺，沿着长江流域，一边游历祖国的山山水水，一边寻找和遍访各地的茶园和制茶艺人，搜集了大量的第一手的茶叶制作技艺。后来，他又结识了当时著名的诗人和高僧皎然和尚。

正是有了皎然和尚的帮助，陆羽开始了《茶经》的写作。陆羽为写这本书所付出的心血是常人难以想象的。他从十几岁起，起早贪黑，跋山涉水，和茶农交朋友，以茶叶为伴，餐风宿露，用大量的实地考察资料，完成了《茶经》。

《茶经》是中国第一部关于茶的专门著作。《茶经》共三卷、十篇，7000余字，全面总结了唐代和唐代以前有关茶叶的科学知识与实践经验。尤为难得的是，陆羽躬身实践，获得了茶叶生产和制作的第一手资料，然后广采博收各家有关茶叶的采制经验，从而全面记述茶区的分布，茶叶的生长、种植、采摘、制造、品鉴等信息。其中有许多名茶，都是陆羽首先发现的。例如，江苏宜兴的阳羡茶，经陆羽品评为上品，后来列为"贡茶"。

后人把《茶经》称为中国古代茶艺的"小百科全书"，这是因为《茶经》一书里包含着陆羽所创造的一整套制茶、茶艺、茶道思想。要知道，在我国古代封建社会，研究正统的"四书""五经"才被视为学问正途，像茶学、茶艺这类学问，是难入正统的，是"杂学"。陆羽没有被正统学说和观念所拘泥，而能从"田野调查"入手，入乎其中，出乎其外，把深刻的学术原理融于茶这种日常生活物质之中，从而开启了一个茶叶文化、茶叶科学的时代，这是非常了不起的。

从玩泥巴到活字印刷术

※

他用泥巴捏出的小人儿,总是比小伙伴们捏得更有趣、更活泼。

1990年的一天,在湖北省英山县的一个村子里,人们在高架水渠桥下面休息时,突然看见水渠渗水了,渗出来的水正好滴在一块墓碑上,墓碑上露出了一排字。好奇的人们仔细端详,不禁大吃一惊:墓碑上出现了"毕昇"二字。原来,这就是发明了活字印刷术的北宋科学家毕昇的墓碑。

毕昇(?—约1051)出生在贫寒的农家,从小就聪明伶俐,喜欢玩泥巴,他用泥巴捏出的小人儿,总是比小伙伴们捏得更有趣、更活泼。

北宋时期,雕版印刷大为盛行。据说,杭州西山有位号称"神刀王"的雕刻师傅,技术出众,颇负盛名,但他有个怪脾气,从来不肯收徒弟。当时毕昇还是个小孩子,听说后,就从英山慕名到杭州拜师。

"神刀王"看他虽然小小年纪,但聪明灵巧,十分讨人

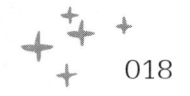

欢喜，就破格收下了这名小徒弟。毕昇跟着师傅早起晚睡，勤奋学习雕刻技术。不久，他的技艺就有了很大的进步。

有一天，"神刀王"要雕刻晋代大书法家王羲之的《兰亭集序》，让毕昇在一旁观看。毕昇不小心碰了一下师傅的胳膊，造成最后一行的一个"之"字刻坏了，结果，整块雕版就得报废。当时"神刀王"没有责备他，可毕昇饭也吃不下，觉也睡不着，一连难过了好多天。同时他也在想，雕版印刷这么麻烦，能不能改进一下呢？于是毕昇一有空，就考虑这件事。

有一天，师傅让他到街上买菜，他边走边想，正好经过一个刻制图章的摊前，看到一个一个图章排得很整齐。他想，如果印刷也能像刻图章一样，把所要的字一个一个排起来，就不会因为一个字坏了，影响到整块雕版。

这时候，他又想起了幼年时候和小伙伴们一块捏泥人的游戏。于是他就找来胶泥，做成了一个个的方块，在上面刻成反字，晒干后，涂上墨，果然印出了字。后来，他又向烧窑的师傅请教，经过烧制后，字模变硬了，而且非常灵便，成了活字，排版时，把活字排在铁框里固定好，就可以像雕版一样印刷了。

从此，活字印刷术就慢慢被人们采纳了。这项技术的发明，不仅可以节省大量的材料和时间，而且大大提高了印刷数量和质量，能够保证更多书籍印刷出来，得到广泛流传。活字印刷术和中国古代劳动人民发明的造纸术、火药、指南针一起，被全世界公认为中国古代"四大发明"。

你也许还记得，在2008年北京奥运会盛大的开幕式上，有一场神奇的艺术表演，再现了中华古代文明中的活字印刷术，给全世界的观众留下了深刻的印象。

从青年毕昇身上，我们也看到了敢为人先、追求理想的伟大精神。一方水土养一方人。毕昇的故乡，是地处大别山脚下的一个山清水秀的小城。春天里，这里满山都开满了杜鹃花。在簸子石山峰的悬崖上，还生长着神奇的"五彩杜鹃"：白色的、红色的、紫色的、粉红色的、黄色的，真是五彩缤纷、绚丽夺目。说不定，当年这异常美丽的山水，就曾经给青年毕昇带来过美好的灵感呢！

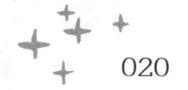

《梦溪笔谈》的故事

*

《梦溪笔谈》既是一部文采斐然的文学著作,又是一部"百科全书式"的科学著作。

沈括(1031—1095)是北宋时期的政治家、科学家,他曾经成功地出使辽国,平息了一场可能发生在北宋王朝和北方的辽国之间的疆土纷争,堪称一位卓越的军事家。

沈括也是我国古代少见的一位"全才"。他在数学、物理学、地质学、矿物学、化学、水利学、医药、生物学、历法、天文、气象、历史、文学、音乐等领域,都有自己的创见和成就。他的科学名著《梦溪笔谈》,既是一部文采斐然的文学著作,又是一部信息丰富、包罗万象、充满真知灼见的"百科全书式"的科学著作。

先说沈括对中国石油开采方面的贡献。我国有关石油与石油开采的记载,很多都来自沈括的《梦溪笔谈》。

1080年(北宋元丰三年),沈括50岁的时候,出任延州(今陕西延安)太守,在西北前线对抗西夏的骚扰。他在繁忙和紧张的戍边日子里，还在关注石油开采的事情，在《梦溪笔谈》里他记下了中国西北部石油的存在状态与开采过程。

他在书中这样描写道：在鄜州、延州境内有一种产自地下的、老百姓称为"脂水"的液体，就是石油。石油产生在水边，与砂石和泉水混杂，不时地从地里流出来。当地百姓用野鸡尾毛将其蘸取上来，采集到瓦罐里，可以用来点火。燃烧时冒着很浓的烟，帐幕沾上油烟后都变成了黑色。他将石油燃烧后产生的烟尘制成了墨，用这种墨还写过一首《延州诗》："二郎山下雪纷纷，旋卓穹庐学塞人。化尽素衣冬未老，石烟多似洛阳尘。"

这是中国史书里第一次出现"石油"一词。沈括还让当地百姓大量开采这种石油，还给它标上名称，叫作"延川石液"。如今，在古延州地区已形成了我国著名的长庆油田，这里也是中国重要的能源基地之一。

再看沈括的物理成就。《梦溪笔谈》里所记载的物理知识涉及光学、磁学、声学等。

在光学方面，沈括通过观察实验，对小孔成像、凹面镜成像、凹凸镜的缩小和放大作用等，都有通俗生动的论述。我国古代传下来一种可以从背面看到正面图案花纹的铜镜，叫"透光镜"。沈括在他的书中科学地解释了这种透光原理。

沈括通过实验发现，地理南、北极与地磁场的 N、S 极并不重合，所以，水平放置的小磁针指向跟地理的正南、正北方向之间总是有一个很小的偏角，这就是"磁偏角"。沈括是磁偏角的发现者。

沈括还亲自用硬纸剪出"纸人"，让他"骑"在琴弦上，经过多次实验，研究出了声学上的共振现象。

在数学方面，沈括通过实际的计算实验，创立了"隙积术"和"会圆术"。原来，有一些日子里，沈括对堆起来的酒坛、垒起来的棋子等有空隙的堆积体，进行了测量和研究，最后找出了求取它们总数的一种简易的方法，这就是"隙积术"。这种方法，发展了自《九章算术》以来的等差级数问题，在我国古代数学史上开辟了高阶等差级数研究的方向。

后来，沈括又从计算田亩出发，考察了圆弓形中弧、弦和矢之间的关系，找到了由弦和矢的长度求弧长的比较简单实用的近似公式，这就是"会圆术"。"会圆术"的创立，不仅促进了平面几何学的发展，在天文计算中起到了重要作用，也为未来的球面三角学的发展奠定了基础。

1076 年，沈括奉旨编绘《天下州县图》。他查阅了大量档案文件和图书，经过 10 多年坚持不懈的努力，终于完成了我国制图史上的这部巨作。这是一套大型地图集，共计 20 幅，

除了1幅总图，按照当时的行政区划，他又绘制了19幅分图。

制图期间，沈括曾得罪了朝廷，被罢了官职，贬到了湖北随州一个叫"法云寺"的破庙里"闭门思过"。被贬时，沈括随身带出了一捆他在任职时期走遍全国各地绘制的地理图稿。

在法云寺的三年时间里，他仔细地整理了这些地理图稿，有的又重新做了补充和绘制，最终完成了《天下州县图》。其中，总图高近4米，宽3.3米。

在制图方法上，沈括提出分率、准望、互融、傍验、高下、方斜、迂直等方法，这和西晋裴秀著名的制图六体是大体一致的。他还把四面八方细分成24个方位，使图的精度有了进一步提高。这套地图集成为中国古代珍贵的地图文献。

沈括对医药学和生物学也很精通。他在青年时期就对医学有浓厚兴趣，并且致力于医药研究，搜集了很多验方，治愈过不少危重病人。他博闻强识，记下了许多药用植物学知识。《梦溪笔谈》里记录了多种药材的形态、配方、药理、制剂、采集方法和生长环境等。而且，他还辨别了一些药材和药方的真伪，纠正了古代医书上的一些错误。现存的中医经典名著《苏沈良方》，就是后人把苏轼的医药杂说附入沈括的著作《良方》合编而成的。

北宋时期，位于北方的西夏、辽等经常骚扰中原地区，它们的力量也越来越强大。沈括在担任河北西路察访使和军器监长官期间，刻苦攻读兵书，精心研究城防、阵法、兵车、兵器、战略战术等军事问题，编成了《修城法式条约》和《边州阵法》等军事著作，把一些先进的科学技术成功地运用到了武器锻造和戍守边疆的国防事务上。所以，沈括也是一位文武双全的军事和国防科学家。

英国著名的学者、《中国科学技术史》的作者李约瑟博士曾称沈括是"中国科学史中最卓越的人物"，沈括的科学名著《梦溪笔谈》被李约瑟博士誉为"中国科学史上的坐标"。

黄婆婆的"玫瑰云"

*

"黄婆婆,黄婆婆,教我纱,教我布,两只筒子两匹布。"

法国女作家乔治·桑有一篇经典童话《玫瑰云》,写的是一位老祖母纺织"玫瑰云"的故事:

一片小小的玫瑰云,飘荡着,变幻着,变成了浓重的乌云,遮天盖地,翻滚着、奔跑着,裹着狂雷巨闪,撕裂了天空,山吼叫,水呜咽……那位老祖母,却把翻滚的云团抓在手中,放在纺车上纺啊纺,纺成了比丝还细的云线。虽然有狂风暴雨,山崩地裂,她仍然镇定自如,不惊慌、不抱怨、不叹气,耐心地纺啊纺,最终把所有厄运、灾难和痛苦纺成了柔软的丝团……

这位锲而不舍的老祖母,仅仅是在纺织着手中的云团吗?不,她是在捻纺着纷繁复杂的人生。人们这样诠释这个童话

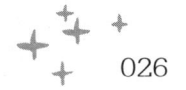

所蕴含的哲理。

这个诞生在欧洲的童话，让我想到了我国宋末元初的棉纺织巨匠，被后世誉为中国手工棉纺业的"祖师"——黄道婆的故事。

"黄婆婆，黄婆婆，教我纱，教我布，两只筒子两匹布。"这是流传在上海松江一带的劳动人民世代相传的一首歌谣。歌谣里说的这位黄婆婆，就是黄道婆，她是松江府乌泥泾镇（今上海徐汇区华泾镇）人。她不仅是一位民间棉纺织的能手和巨匠，还是一位纺织技术的革新者。她向家乡人民传授了当时最先进的纺织技术，推广了一系列先进的纺织工具，因而受到百姓的敬仰与爱戴。在清代的时候，她被尊为布业的"祖师"。

黄道婆出生在贫苦的农家，十几岁就被卖做童养媳，白天下地干活，晚上要织布到深夜，还要侍候公公婆婆，稍有怠慢，就会遭受公婆、丈夫的责骂。有一次，黄道婆因为某些事情没有做好，遭到了公婆、丈夫一顿毒打后，被关在柴房，不准吃饭，也不准睡觉。黄道婆忍无可忍，就产生了逃出去的念头，她要离开这个让她饱受折磨和痛苦的家！

一天深夜，她趁着公公婆婆和丈夫都睡熟的时候，成功地逃脱,搭上了一条停泊在黄浦江边即将远航的海船,流落到了遥远的、素来有着"天涯海角"之称的崖州(今海南三亚崖州区)一带。

在崖州,她和世代生活在这里的黎族兄弟姐妹结下了深厚的感情,并从心灵手巧、善于纺织的黎族姐妹那里学会了使用制棉工具和黎族织锦的纺织技法。她在那里一待就是30多年,当年的小姑娘,已经变成中年人了。

1295年的一天,已经50岁的黄道婆,依依不舍地告别了她心中的"第二个故乡",乘船离开崖州,回到她阔别了30多年的故乡。

经过了多年的离乱和改朝换代,黄道婆的公婆、丈夫等亲人,都先后离开人世了。黄道婆孑然一身回到故乡,真有点儿"儿童相见不相识,笑问客从何处来"的感慨。

一回到松江,她就怀着感恩故乡、造福于民的善良愿望,把自己从海南黎族姐妹那里学到的纺织技术,一一传授给了家乡的姐妹和后代。

元代的时候,松江一带的农民虽然已经种植了不少棉花和桑田,但老百姓还是缺衣少布,穿得破破烂烂的。这是为什么呢?

原来,那时候人们的纺织技术非常低下,棉农收回了棉花后，要先手工把棉籽一一摘剥干净，再把棉花纺成棉线，然后织成粗布。光是摘剥棉籽这道工序，姐妹们就是把手指甲剥得脱落了，也剥不出多少来，真是又费时又费力。

黄道婆开动脑筋，吸收了黎族人的先进经验，对松江一带常年来使用的那些棉纺织工具和技术进行了全面的革新，创造和制作出了新的擀、弹、纺、织等工序所需要的最趁手的工具。

比如擀籽工序，她就创造了一种新的擀籽法。她教大家把采回的籽棉放在坚硬和平坦的捶石上，再一人拿一根光滑的小木棒或小铁棒擀挤棉籽。经过一番试验，姐妹们都学会了这种擀籽法。她们高兴地说："这下可好了！一下子就能擀出七八个棉籽，再也不用挨个儿去剥了！"

不久，黄道婆又找来一位老木匠，根据她见过的黎族人用两根细长铁棍转动来轧棉花的方法，设计出了"木制手摇轧棉车"。这种轧棉车，用起来既方便又省力，大大提高了劳动效率。

原先，松江人使用小竹弓来弹棉花，效率低下，忙活半天也不出活儿。黄道婆找来弹棉花的匠人，一起商量着改革弹棉花的工具。经过几番试验之后，她终于为大家研制出了一种有四尺多长的木制绳弦大弓。这样，纺织技术就得到了

极大的提高。今天，在一些乡村，我们还能看到弹棉花的手工匠人仍然在使用这种木制的绳弦大弓弹棉花。

松江一带过去纺织用的是一种单锭手摇纺车，效率很低，往往三四个人纺的纱，才能供应上一架织布机的需求。黄道婆就请来木匠，一起琢磨和试验，把用于纺麻的脚踏纺车与单锭手摇纺车融合，改制成了三锭棉纺车，使纺纱效率一下子提高了两三倍，操作起来也很省力。这种新式纺车很快就在松江一带推广开来，把更多的妇女劳动力，从费时又费力的纺织劳动中解放了出来。

黄道婆还把黎族人民的织绣工艺，例如"错纱配色、综线挈花"等技术，都"嫁接"到了家乡乌泥泾镇的纺织技术上，使当时乌泥泾出产的被、褥、带、帨等棉织物上，也有了折枝、团凤、棋局、字样等各种美丽的图案。这些漂亮的"乌泥泾布"和"乌泥泾被"，是不是也像欧洲童话故事里的那位老祖母用心纺织出来的"玫瑰云"？这些美丽的纺织品深受上海、江浙以及长江以北老百姓的喜爱。人们说，当时松江布匹能够赢得"衣被天下"的美称，其中就凝聚着黄道婆的智慧和心血。

黄道婆去世后，家乡人为了表达对她的崇敬与怀念，在她出生的乌泥泾镇，为她修建了纪念祠堂，名为"先棉祠"。

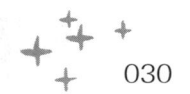

新中国成立后,黄道婆的墓地也被重新修整,并且立起了新的纪念碑,碑上铭刻着她为中国纺织业所作出的不朽业绩。

《本草纲目》的故事

《本草纲目》为中国的医药学发展作出了重大贡献。

1518年（明正德十三年），在蕲州（今湖北蕲春县）的一个郎中家庭里，一个婴儿呱呱坠地。他就是后来被誉为"药圣"的李时珍。当时谁也不会想到，这个生下来十分瘦小的男婴，长大后会成为一位伟大的医药学家和世界文化名人。

小时候，李时珍家的后院里种着很多药草，这都是他的郎中父亲从山上采回来种下的。他很小的时候就认识这些药草。他喜欢观察它们发芽、开花、结籽的过程。父亲经常把它们采下来、晒干、切碎，制成草药，为乡亲们治病。

渐渐地，李时珍也对草药产生了浓厚的兴趣。不过，父亲还是希望他能考取功名，因为当时郎中在社会上地位不高。少年李时珍聪明伶俐，才智过人，14岁就考中了秀才。

可是，李时珍对考取功名毫无兴趣。慢慢地，他父亲也明白了，强扭的瓜不甜，只好同意他放弃功名，一心一意当起了乡村郎中。从此，李时珍就经常到父亲的诊所——家乡的一个道士庙里，一面看父亲行医，一面帮助父亲誊抄药方。

经过几年的耳濡目染，李时珍对行医的知识技能越来越熟悉，兴趣也越来越浓了。后来，李时珍干脆自己背起采药篓子，风里来，雨里去，深入到家乡周边的大山老林里，一边采草药，一边向民间百姓学习一些草药知识和民间土方，同时也给他们看病、治病。

李时珍把采到的草药和学到的民间土方，都仔细地记录下来，反复比对和研究……经过几十年的辛苦采集，李时珍记录了1892种草药，收集了历代医学家和民间流传的药方11 000多个。他把自己的采集、收集和研究所得，汇集成了一部了不起的医药学经典著作《本草纲目》。

《本草纲目》中的每一个字、每一种药材，都浸透着李时珍的心血。书中除了草药方面的知识，还记录了李时珍在植物学、动物学、矿物学、化学、天文学、气象学、物候学等方面的观察结果与亲身经验。

除了在自己家乡四周的大山间采集草药，从1565年起，李时珍的足迹也先后到达了武当山、庐山、茅山、牛首山以及今天的湖南、广东、安徽、河南、河北等地，收集药物标本和处方，并拜渔人、樵夫、农民、车夫、药工和一些捕蛇者为师，参考历代医药方面的书籍800余种。

为了撰写《本草纲目》，他考古证今，穷究物理，记录了上千万字的调查笔记，不放过任何一个疑难问题。《本草纲目》共分16部、52卷。这部伟大的著作吸收了历代中华医药著作的精华，尽可能地纠正了以前的错误，补充了新的发现，是到16世纪为止中国最系统、最完整、最科学的一部医药学著作。

《本草纲目》为中国的医药学发展作出了重大贡献，被西方国家称为"东方医药巨典"。生物学家达尔文甚至评价《本草纲目》是"中国古代百科全书"。英国著名的学者李约瑟博士在他的科学巨著《中国科学技术史》中写道："16世纪中国有两大天然药物学著作，一是世纪初的《本草品汇精要》，一是世纪末的《本草纲目》，两者都非常伟大。"

《本草纲目》问世后，很快就传到了日本，以后又流传到了欧美各国，先后被翻译成了日、法、德、英、拉丁、俄、朝鲜等多种文字并在国外出版，传遍了五大洲，被视为伟大的中华传统文化中重要的组成部分。

1951年，在维也纳举行的世界和平理事会上，李时珍被

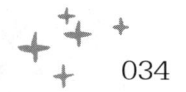

评选为"古代世界名人",他的大理石塑像屹立在俄罗斯莫斯科大学的长廊上。

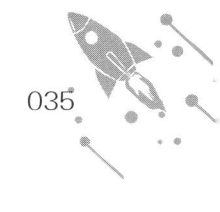

《天工开物》的故事

*

《天工开物》被誉为"中国17世纪的工艺百科全书"。

宋应星（1587—?），江西奉新人，明末清初时期杰出的农学家、博物学家。他生活的时代是一个改朝换代的时期。宋应星对后世最大的贡献是对农业和手工业生产进行了长期的考察、记录与研究，收集了第一手的农学和博物学资料，从而写出了《天工开物》这部科技著作。

"天工开物"这四个字，从字面上看，天工，与人工相对，指的是巧夺天工的意思；开物，是打开万物之谜，指的是通晓万物的道理。

那么，《天工开物》到底是一本什么书呢？

《天工开物》被誉为"中国17世纪的工艺百科全书"。《中国科学技术史》的作者李约瑟博士把宋应星称为"中国的狄德罗"。狄德罗是18世纪法国的启蒙思想家、哲学家和百科全书的编写者，欧洲"百科全书派"的代表人物。日本

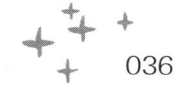

学者薮内清也认为，宋应星的《天工开物》足以与狄德罗的《百科全书》相匹敌。由此可见宋应星在世界科技史上的地位和影响。

《天工开物》全书分三编，详细描述和记录了中国古代农业和手工业30多个门类的生产技术和经验，内容几乎包括了当时全部的农业生产和手工业领域。上编包括谷类和棉麻栽培、养蚕、缫丝、染料、食品加工、制盐、制糖等；中编包括制造砖瓦、陶瓷、钢铁器具，建造舟车，采炼石灰、煤炭、燔石、硫黄，榨油，制烛，造纸等；下编包括五金开采以及冶炼，兵器、火药、朱墨、颜料、曲药的制造和珠玉采琢等。

这本书的编写主次独特而清晰，是按照"贵五谷而贱金玉"的理念来编排的。也就是说，作者把与吃饭、穿衣有关的农业科技放在最前面，然后才是有关手工业各方面的科学技术，把珠玉之类的制造放在全书最后。这种编排次序，正好反映了宋应星重视农业、注重实学的科学思想。

那么，《天工开物》这本书是怎样编写出来的呢？

宋应星出生在一个书香世家。他的曾祖父宋景是明代中期的一位重要阁臣，为官清廉，曾因参与推行著名的"一条鞭法"改革政策而震动朝野。

宋应星兄弟姐妹六人，他是老三。他的长兄叫宋应升，

宋应星幼小时就跟着长兄在家塾里识字念书。他聪颖好学，十岁不到就学会作诗了，而且还有过目不忘的本领，深得宋家长辈和家塾里的先生赞赏。稍大一点儿后，宋应星又与长兄一起考入当地县里的书院，熟读了经史和诸子百家。

他喜欢诸子百家的文章，其文风活泼生动。因此，他对按部就班、枯燥乏味的八股文深恶痛绝。他还特别喜欢听琴、吟诗，经常与同窗好友风雨吟诵，啸傲山水林泉之间。此外，从少年时代起，他就对当时被读书人视为"雕虫小技""旁门左道"和"引车卖浆者流"的各种物件的制作技艺兴趣盎然，只要碰到和遇见，他总会打破砂锅问到底，甚至喜欢动手体验。

有一次，他到朋友家里去做客，朋友家里摆满了形状各异、颜色和图案也都各不相同的花瓶。宋应星一一端详着这些瓷瓶，还详细询问了花瓶的制作方法。朋友不解，就打趣地说："兄台莫非想开瓷器店不成？"宋应星却摇摇头，说："瓷器店倒是不会开的，如果能开个烧窑场，那是求之不得啊！"

也许从那时起，他就已经开始留心观察、收集和记录各种手工业技艺的资料了。但是在明朝后期，统治者所极力推崇的，仍然是八股文考试制度，所谓"科举取士"。当官、走仕途，也是一般读书人心目中的"正道"和唯一的前途。

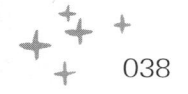

1615年（明万历四十三年），宋应星与长兄应升一起，赴省城南昌第一次参加乡试。在一万多名考生中，宋应星考中全省第三名举人，长兄名列第六名。他的家乡奉新全县，也只有他们兄弟俩中了举。当时，家乡人都很羡慕，尊称他们为"奉新二宋"。

因为首次乡试告捷，兄弟二人当年秋天又结伴前往京师（北京）参加大考。可惜的是，第二年春天发榜时，兄弟俩皆名落孙山，只好悻悻而归。

但兄弟俩不太甘心，又一起去了九江府的白鹿洞书院，请那里的名师予以指点，以便第二年再去应试。结果，宋应星后来一连参加了四次京师科举考试，次次都是名落孙山。

倒是他的长兄比他略微幸运，在1631年（明崇祯四年）当上了浙江桐乡县令，走上了仕途。

宋应星在经历了几次科举失意之后，对朝廷的科举取士制度心灰意冷，以至于彻底失望，最终打消了走仕途的念头，放下包袱，安心回到家乡，一边侍奉老母，一边开始为他心目中的《天工开物》进行田野调查、收集撰写素材和资料的工作。

其实，在先后数次从南方到北方的应考往返途中，他就没有闲着，行程数万里，他沿途都在考察、寻访和记录，对南北各地的农业和手工业生产状况，做了大量的社会调查。用他自己的话说："为方万里中，何事何物不可闻。"意思是说，来去行程数万里，没有什么事情和物件是我不想知道的。

而他在奉新乡居的日子里，更是走遍了田野和村镇，遍访打谷场和手工作坊的各类匠人和艺人，以及店铺、窑场、工地等。他的第一手科技资料，就是这样一点一点收集、记录和积累下来的。

晚年的宋应星，一心只想着写他的各类科技著作，即使有了入仕当官的机会，他也早已心灰意冷，不再提起任何兴致了。

他写的书真是不少，自然科学、人文科学、技术科学的都有。自然科学方面的，除了《天工开物》，还有《观象》《乐律》等；人文科学方面的，有《野议》《画音归正》《杂色文》《卮言十种》等；还有《思怜诗》《美利笺》等文学作品。

可惜的是，宋应星的著述，不被当朝理政者看好，尤其是生逢改朝换代之时，作为大明"遗老"，他的骨子里还有对清朝强烈的抵触与反对情绪，不为当世所容，所以，他的大部分著作都没能保存和流传下来。幸运地保留下来的完整著述，只有《天工开物》《野议》《思怜诗》《论气》和《谈天》五种。

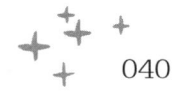

他在贫困中度过了晚年的时光。临终前，宋应星把自己一生的经验教训，作为"宋氏家训"留给了子孙们：一不参加科举，二不去做官，只在家乡安心耕读，以书香传家。

《天工开物》于1637年（明崇祯十年）刻版面世，宁波范氏天一阁藏有此书初刻本。明末学者、科学家方以智在《物理小识》一书中较早引用了《天工开物》的有关论述。但《天工开物》在清朝并未公开印刷过，只在康熙年间陈梦雷所编辑类书《古今图书集成》里略有摘录。在清朝，《天工开物》被认为存在眷恋旧朝、抵触清政府的思想而遭到禁毁，从此被雪藏了近300年。

1694年，日本学者、本草学家贝原益轩（1630—1714）在《花谱》与《菜谱》两本著作的参考书目中，开列了《天工开物》的书名。据说这是日本有关《天工开物》最早的文献材料。1771年，日本出版商柏原屋佐兵卫（菅王堂主人）根据《天工开物》初刻本，在日本首次翻刻《天工开物》，这也是《天工开物》的第一个域外刻本。宋应星的天工开物思想受到当时一些日本学者的尊崇，被誉为富国济民的"开物之学"。

18世纪末，《天工开物》从日本传到朝鲜后，也受到朝鲜李朝后期一些实学派学者的重视。1783年，李朝末期学者、

小说家朴趾源（1737—1805）在他的游记名作《热河日记》里，第一次向朝鲜知识界推介宋应星并传播了他的《天工开物》。

从18世纪至20世纪，《天工开物》的不同刻本与印本，在法、英、德、意、俄、美等欧美国家的著名图书馆里都有收藏。巴黎皇家文库（即现在的法国国家图书馆前身）在18世纪就收藏有明刻本《天工开物》。1830年，法兰西学院汉学家儒莲（1797—1873）用法文翻译了书中"丹青"一章中有关银朱的部分。儒莲此举被认为是《天工开物》一书的首次西译。1832年，儒莲又将这部分内容译成英文，发表在印度《孟加拉亚洲学会学报》上。1833年，他又用法文翻译了"制墨"等部分文字，刊载于法国权威杂志《化学年鉴》和《科学院院报》，接着又把这一部分译成了英文和德文。

《天工开物》一书在西方的传播，汉学家儒莲功不可没。1837年，儒莲又将《天工开物》有关蚕桑部分和《授时通考·蚕桑门》译为法文，并由巴黎皇家印刷厂出版了官方刊本，法译本书名为《桑蚕辑要》。《天工开物》所记录的中国蚕农有关植桑、养蚕、防治蚕病等一套完整的蚕桑业生产经验，为当时欧洲因为对蚕病的防治束手无策而陷入低谷的蚕丝业提供了切实的生产帮助。《天工开物》在欧洲的传播，被欧洲学者评价为"直接推动了欧洲农业革命"。达尔文在读到儒莲翻译的有关桑蚕部分文本后，在他的《动物和植物在家养下的变异》一书里特意记下了一笔："关于中国古代养蚕的情况，见于儒莲的权威著作。"达尔文把《天工开物》里记载的中国古代养蚕技术与措施，作为论证他的人工选择与人工变异的一个重要例证。

月亮上的环形山

敲打石头的人
「水滴石穿」与「一丝不苟」
从小牧童到数学家
远方的火焰
阁楼上的灯光
月亮上的环形山
摘星星的小女孩
享受物理学之美
远方的人们

此生属于祖国
深藏功名的「打猎人」
寸草春晖
必须找到那滴雨
发现小草的秘密
「数学怪人」
擦亮「中国天眼」的人
我爱你，中国
千万颗飞扬的种子

敲打石头的人

※

"只有先学会了'动手',你才能有所'创新',才能'撬动'地球!"

高高的山岗上,一位老人带着几名男子,正在敲打和寻找不同形状的石头。他们是石匠吗?看上去又不太像呢。

老人举着放大镜,仔细端详着敲打下来的石头,像在欣赏珍宝一样。不一会儿,他又握着地质锤,朝着更高的地方攀登去了……

这位老人,就是我国著名地质学家李四光。

李四光是湖北黄冈人。他是中国地质学家、教育家和社会活动家,也是世界地质学上的一门重要学科——地质力学的创立者,还是中国地球科学和地质事业的奠基人和领军人物之一。

可李四光说,他只是个喜欢敲打石头的人。他不仅要为国家寻找地下宝藏,像煤炭、石油等各种珍贵的矿产,还要研究地壳的变化,弄清楚大海怎么变成了高山,古代的冰川是怎么消失的，怎样才能预报地震灾害……

每次，他收拾行装出远门的时候，总会把他的地质锤、放大镜、水壶等工具装进大帆布口袋里。

"爷爷，您可以带我去敲石头吗？"

他的外孙女平平，满怀好奇并羡慕地问道。

爷爷轻轻揪着平平的小辫子说："可以啊，等你长大了，爷爷就带你去攀登好多好多高山。"

李四光的女儿李林和女婿邹承鲁也都是科学家，平平就是他们的女儿，名叫邹宗平。李四光特别喜欢这个什么事儿都喜欢打破砂锅问到底的外孙女，他觉得，平平身上那种无时不在的好奇心，就像自己小时候一样。不过，他喜欢让平平称呼他为"爷爷"，所以，平平从小就称外公为"爷爷"。

有一天，平平又坐在爷爷身边，看着他在一个木盘里用泥巴做了一个扭曲的岩层模型。

"爷爷，您是在研究地震发生的规律吗？"

"对呀，找到了地震发生的规律，我们就可以去预报和预防它，避免给国家和老百姓带来灾害。"

"爷爷，那样是不是也可以像镉锅、镉缸一样，给地球打上一些'镉子'呀？"

"哎呀，这个主意非常妙！"爷爷一听，大笑着说，"我怎么没有想到啊？"

　　李四光从外孙女身上看到了小时候的自己。因为他从小就养成了爱动脑筋、喜欢"动手"的习惯。小时候，他看到妈妈每次舂米都要踩着沉重的石碓，非常吃力，就独自琢磨了起来……

　　他用一根结实的绳子绑住石碓上的木头，再把绳子从房梁上穿过去，这样，妈妈一只手拉着绳子，一只脚踩着木头，手脚配合，舂起米来就轻松多了。

　　他家的屋后有一片小竹林，他经常用捡来的竹子刻呀，做呀，给弟弟妹妹制作出小竹船之类的简易玩具。

　　长大后，李四光成了科学家，他仍然保持着喜欢"动手"的好习惯。他自己制作过沙盘，制作过岩层模型，甚至还制作过一辆推起来既省力又方便的简易小推车呢！

　　他也经常用古希腊物理学家阿基米德的那句名言来鼓励平平："'给我一个支点，我可以撬动地球。'搞科学的人，一定要培养自己的动手能力，只有先学会了'动手'，你才能有所'创新'，才能'撬动'地球！你说对不对呀，平平？"平平一天天长大了，也成了爷爷的"得力帮手"。

　　李四光小时候还当过放牛娃。不过，他很喜欢看书。有一次看书看入迷了，两头水牛悄悄游到了小河对岸，他也没

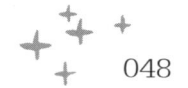

有发现。

秋天里,他跟着大人在藕塘里采莲藕。他一次次留心观察,很快发现了一个"秘密":只要顺着有干枯的荷叶梗露出的地方踩下去,塘泥下面一定会有粗大的莲藕。所以每次挖莲藕,他年龄虽小,却总是挖得又多又快。

14岁那年,他离开家乡,第一次来到陌生的省城,报考一所高等小学堂。那天,妈妈一直把他送出了山口。

想到很快就能进学校上学了,他好激动!小小少年背着小小的包袱,迈开大步,在冬天的道路上飞奔着,就像小鹰展开了矫健的翅膀。

他本来的名字叫"李仲揆",也许是因为太激动了,他在填写报名表时,误把年龄"十四"写在了姓名栏里。这可怎么办呀?

他没有钱再买一张表,只好将错就错,顺着笔画把"十"改成"李"。可是如果叫"李四",也不像个正式的名字呀!

这时候他一抬头,正好看见匾额上写着"光被四表"四个字。对啊,爸爸不是也常常教导他,要勤奋好学、光耀中华吗?想到这里,他就在"四"的后面又加了个"光"字。

从此,他的名字就变成了"李四光"。

考试结果出来了,李四光考取了第一名!

小小放牛娃，长成英俊少年了。他登上了一艘远航的大船，去日本留学。这时候，他梦想自己能成为一名造船师。因为他从甲午中日战争的故事里懂得了一个道理：没有坚船利炮，中国就会永远落后挨打！

海鸥追着船尾在飞翔，他望着渐渐模糊的海岸喃喃地说："等着我吧，亲爱的祖国，我会回来的！"

在日本，他和许多有志青年成了好朋友。他是这些青年学生中年龄最小的一个。

有一天晚上，他去参加聚会，看见一个人站在露天草坪上，正在给大家演讲。橘黄色的灯光，照耀着每一张年轻的脸庞。

那个人一边演讲，一边挥动着手臂，看上去那么有力量。他觉得，从这个人身上，好像看到了自己的明天。

这个演讲的人就是中国近代革命的先驱孙中山先生。

孙中山不断鼓励少年李四光，还送给他八个大字："努力向学，蔚为国用。"意思是说：努力学习本领吧，少年人，学好了就去报效祖国！

可是那时候，我们的国家是多么贫困落后啊！虽然地下有石油等矿藏，可是没有人能找到它们。没有能源开发，国家就强大不起来。李四光的造船梦，很快就被贫穷、落后和战乱的岁月给击碎了!

24岁那年,他再次离开祖国,来到英国伯明翰大学留学。

这一次,他有了新的梦想:他要学习地质学,为祖国寻找和开发地下宝藏。

暑假里,他来到一座矿山,当了一名临时的矿工。他穿上矿服,戴上矿灯,下到几百米深的矿井中采煤。

夜晚,在黑暗的工棚里,矿工们都睡着了,他紧靠着一小团橘黄色的灯光,仔细记下每天的观察与发现。

宝石一样的星星在夜空闪耀,橘黄色的灯光映照着他年轻的脸庞。这时,他又想起了孙中山送给他的话:"努力向学,蔚为国用。"

他好像看到,在远方,在祖国辽阔的大地下,那些沉睡的宝藏,正在等待他回去唤醒……

1949年10月1日,伟大的新中国诞生了。

李四光像一个想家的孩子,急切地回到了妈妈的怀抱。

那些日子里,他每天都好忙碌啊!

有时候,天还没有亮,星星还在山峰间闪烁,他就穿着野外考察时专用的地质鞋,戴上草帽出发了。

山路弯弯,伸进了茫茫的远方。山脚下,有李四光和地质勘探队员临时驻扎的帐篷。他说,国家需要的宝藏,就藏

在这些大山深处。

有一年，他在西南山区看到了一块马鞍形的小石头，兴奋得如获至宝，专门做了个木盒，里边垫上棉花，把小石头放进去，时常拿出来看了又看。他说："这块马鞍石，证明了坚硬的岩石受到压力就会变形，这正是大自然实验的结果呢！"

可是有一次，他在广西作学术报告时，让人们传看这块奇异的小石头，结果传来传去，小石头被"传丢"了。李四光心痛得吃不下饭，睡不着觉，几天里都闷闷不乐，在心里牵挂着那块小石头。幸亏没过几天，小小的马鞍石总算又找了回来。从此，他再也不敢让这块小石头离开他的视线了。

静静的夜晚，他拿着放大镜，在灯光下爱不释手地端详着他从祖国的各处山岭间采集回来的石头。他要从这些石头里去破解地壳下面的一些秘密。最终，他用自己几十年的研究创建了一门崭新的学科——地质力学。

有了这门学问，科学家和地质勘探队员们可以更准确地在深山、峡谷、草原和海洋深处，不断地为国家找到新的宝藏。中国的大庆油田、胜利油田、大港油田，还有钨、铬、铀、金刚石等珍贵的金属矿产，以及一些宝贵的地下水源和天然气，都是他带领着地质科学家和勘探队员们发现的！

李四光年老的时候，会戴上老花镜，坐在躺椅上看书。

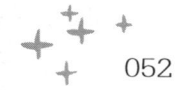

有一天，平平问道："爷爷，您还记得我小时候，您给我讲的故事《一块烫石头》吗？"

"故事里怎么讲啊？"爷爷故意问道。

"有一块烫石头，只要谁把它砸碎了，就能从头再活一次。好多人都劝那位老爷爷去砸碎那块烫石头，因为他一生都没有享过福，过得太辛苦了……"

"结果呢？老爷爷砸碎了那块烫石头没有呢？"

"当然没有啦！老爷爷说：'我为什么要从头再活一次啊？没错，我曾经是过得很辛苦，可是，我，还有我们这一代人，都把自己的一生献给了国家，我们过得很真实啊！难道这还不幸福吗？'"

"是啊，老爷爷说得多好啊！"

李四光坐在躺椅上，笑着伸出手，轻轻拨动了身旁的一个地球仪。小小地球仪在他手下，一下子急速旋转了起来……

李四光不仅是一位伟大的科学家，他的文章、诗词也都写得非常有文采。人们说，他的每一篇地质学论文，都像是文采飞扬的"美文"。这是因为，他虽然是科学家，但也十分注重积累和丰富自己的文学艺术修养。他在英国留学时谱写的一首小提琴曲《行路难》，被音乐研究专家考证认为是中国人创作的第一首小提琴曲。

李四光和女儿李林、女婿邹承鲁,都是著名科学家、中国科学院院士,一家子,两代人,"一门三院士"科学报国的故事,成为中国科学界津津乐道的佳话。

在北京海淀区魏公村中央民族大学的南侧,有一条幽静的小路。李四光晚年经常在这条小路上散步、思考问题,后来,人们就亲切地称它为"李四光小道"。

在美丽的夜空中有一颗明亮的小行星,被国际小行星中心和国际小行星命名委员会正式批准,永久命名为"李四光星"。

一条幽静的小路,凝结着人们对这位科学大师永远的感念与崇仰;一颗美丽的行星,纪念着一个闪亮的名字,也代表着一种时刻在引导人们上升和前行的、崇高和伟大的精神。

"水滴石穿"与"一丝不苟"

*

一年365天,天天都能坚持写日记,这需要多大的毅力和耐心!

竺可桢先生(1890—1974)是我国著名气象学家和地理学家,也是中国近代地理学和气象学的奠基人。他在台风、季风、中国区域气候、物候学、气候变迁、自然区划等领域,都取得了杰出的成就。

竺可桢还是一位赫赫有名的教育家,是中国现代教育的先行者和实践家。他担任浙江大学校长十多年,为浙江大学制定了"求是"的校训。这个只有两个字的校训,被誉为浙大这所百年老校最珍贵的"精神遗产"。

据说,浙江大学每年新生入学时,竺可桢都会向他们提出两个非常经典的问题:"第一,你到浙大来做什么?第二,将来毕业后做什么样的人?"竺可桢从1936年担任校长以后,每年都让学校把这两个问题印在录取通知书上,让每个被录取的新生都能看到;而每年毕业生离校的时候,学校又会把

这两个问题印在毕业纪念册上,让这两个问题伴随他们到四面八方。

竺可桢有两句座右铭,也是两个有名的成语,几乎伴随了他一生:一句是"水滴石穿",另一句是"一丝不苟"。"水滴石穿"伴随着他的青少年时代,"一丝不苟"伴随着他的后半生。

竺可桢是浙江绍兴东关镇(今属上虞区)人,从小就勤奋好学,5岁时就能认识1000多个汉字。父亲把他送进了镇上唯一的小学——敬义小学念书,还聘请了一个私塾先生到家里为小可桢补课。两年时间不到,小可桢就能熟读《三字经》《千字文》《神童诗》之类的蒙学读本了。

有一天晚上,哥哥竺可材教他写作文。小可桢写了一遍,觉得不好,又重新写了好几遍,直到自己觉得满意了才停笔。等他们上床休息时,院子里的公鸡已经开始打鸣了。

这时候,嫂嫂埋怨哥哥说:"可桢还这么小,是不是对他要求太严格了?累坏了身体,怎么向爸妈交代!"哥哥可材笑着说:"哪里是我逼他熬夜呀!是他自己不服气,一遍一遍地写,非要写满意了才肯睡觉!"

还有一个下雨天,小可桢独自蹲在门口,默默数着从房檐上滴下来的小雨滴。数着数着,他突然发现,不远处的石板上，有一排小小的水坑，雨滴落下来，正好落在小坑里。他感到好奇，就跑到妈妈身边询问这是什么原因。

妈妈说："可桢啊，你问得太好了！你知道吗？这就是古人讲的'水滴石穿'呢！你看，那些小水坑就是被雨水滴成的。你可别小瞧，一小滴雨水看上去没有什么力量，可是只要锲而不舍，不断地这样滴着、滴着，日久天长，就能把坚硬的石板滴出小坑来。"

妈妈的话让可桢想了好久。"妈，我晓得了，读书、做事情也是这个道理。"从此，"水滴石穿"就成了少年竺可桢的一句座右铭。这四个字伴随着他度过了自己的童年和少年时代，也伴随着他一步步走出了家乡绍兴的小镇。

竺可桢还有一句座右铭是"一丝不苟"。这与他在浙江大学制定的"求是"校训是一致的。我们仅从他一生所记下的日记里就能看到他这种做任何事情都一丝不苟的精神。

竺可桢从1917年在哈佛大学读书时，就养成了每天都要记日记的习惯。他的日记主要记录了气象研究的各种资料。可惜的是，因为战乱，只保存下来了1936年至1974年2月6日的日记。

他每一天的日记都是一丝不苟地记录着自己的气象观察、阅读和感悟所得等。作为气象学家，他在记录每天的各种活动时，总会写到天气的变化。例如，谁在讲话时，突然外面雷声隆隆；某一次活动时，天气本来是微雨，忽然转为大雨，不一会儿又雨歇天晴了……他的日记对中国近现代科学史，特别对中国气象史及浙江大学校史、中国科学院院史的研究，都具有翔实、可靠的资料价值。

一个人偶尔写点日记并不难，难的是一年 365 天，天天都能坚持写，这需要多大的毅力和耐心！

竺可桢还是一位从不虚掷光阴、毕生勤奋著述的科学家。竺可桢活到了 84 岁高寿，2014 年出版的《竺可桢全集》，竟然有 24 卷、约 2 000 万字！可以想象，一位科学家、教育家、大学校长，日常工作那么忙碌，却还能写下这么卷帙浩繁的著作，是多么不容易！人们说，中国几乎很少有科学家能像竺可桢这样，一生能给后人留下这么多的文字资料，这套全集也折射出了竺可桢一生践行着"水滴石穿"和"一丝不苟"的座右铭，孜孜不倦、忘我工作的精神和美德。

他留给人类的这笔精神遗产之丰厚，让人不禁想到大文学家歌德的诗句：我的产业是多么美、多么广、多么宽，时间是我的财产，我的田地是时间！

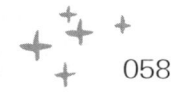

从小牧童到数学家

*

读书不忘救国，救国不忘读书。

苏步青（1902—2003）是我国杰出的数学家，也是一位著名的教育家。当年，他在留学日本的时候，就和自己的好朋友、另一位数学家陈建功一同立下了一个志向：学成回国后，他们要一起为国家创设一个具有世界水平的数学系。

经过多年的努力，他们的梦想实现了！他在浙江大学创立了微分几何学派，获得了国际数学界的公认和高度评价。1942年11月，英国驻华科学考察团团长、剑桥大学教授李约瑟博士在参观浙江大学理学院数学系时，连声称赞说："你们这里就是'东方的剑桥'！"

苏步青曾任复旦大学校长、中国科学院数学研究所所长，他被誉为数学王国的王者。但是，很多人并不知道，苏步青童年时是一个骑在牛背上的小牧童呢！

1902年，苏步青出生在浙江平阳带溪村。他的父母亲从

没上过学，尝够了没有文化的苦，因为望子成龙心切，就找村里的老秀才给儿子取了"步青"这个名字，意思是希望他以后可以"平步青云"。

可是，正当小步青应该上学念书的年龄，因为家境困难，他早早地拿起了一根放牛鞭，在河滩、草坡上当起了小牧童。

每天放完牛回家的时候，小步青都要经过村里私塾小学的门口。从里面传出来的琅琅诵读声，总是会吸引住他的目光和脚步，于是他踮起脚在那里张望和聆听许久。

时间长了，私塾里的老先生念什么，小步青也默默地记住了。有一次，老先生正在大声念《三字经》里的句子："苏老泉，二十七，始发愤，读书籍。"他听着听着，不知不觉也跟着大声念诵了起来。

有一天，他的父亲听到儿子在家背诵《三字经》和《百家姓》里的句子，心里明白，儿子是在羡慕小学堂里那些念书的孩子。父亲心疼儿子，就和妻子商量，决定即使再苦再难，也要把小步青送进私塾去念书识字。就这样，小牧童变成了小学生。当然，一放学，他还会赶着牛儿去河滩。

苏步青9岁那年，他的父亲挑上一担米当学费，走了50公里的山路，把他送到了平阳县城，于是他进了一所高等小学，当了一名插班生。

在县城念书时，少年苏步青第一次看到，馒头里夹有肉末，他忍不住嘴馋，就常把饭票换成钱去买"肉馒头"吃。结果，一个月的饭票提前用完了，后面几天只好饿着肚子或找同学借来一点饭票度日。

苏步青少年时代很喜欢语文课，不喜欢上数学课。因此，一到期末考试，他的数学就在班里得倒数第一名。可是，每次作文他总是写得很漂亮，语文老师越看越不相信这是他写的，总认为是苏步青从哪里抄来的。语文老师因为怀疑，每次都给苏步青一个很低的分数。如此一来，就把小牧童的牛脾气给"逼"出来了！老师越说他不好，他越不好好学，一连三个学期，他的成绩在班上都是倒数第一名。老师和同学都开始小瞧他了。

有一次，地理老师把他叫到了办公室，给他讲了牛顿小时候的故事。老师说，牛顿12岁的时候，从农村小学转到城里念书，成绩不好，同学们都瞧不起他。有一次，一个同学还蛮横无理地欺负他，一脚踢在他的肚子上，他疼得直打滚儿。那个同学身体比他棒，功课比他好，牛顿平时很怕他。但这时，牛顿忍无可忍了，跳起来就还击。那个同学见牛顿发起怒来这样凶猛，也只好屈服了。

老师告诉苏步青，少年牛顿从这件事上明白了一个道理：

只要下定决心，无论什么困难和难题，都能把它制服。结果，少年牛顿从此发愤图强，奋起直追，不久，成绩就跃居全班第一。再后来，牛顿成了一位伟大的科学家。

这位地理老师的话对少年苏步青触动很大。苏步青第一次感到自己很傻，做错了事。此后，他也像少年牛顿一样，变成了一个奋发图强、不再自暴自弃的学生。结果，到期末考试时，他真的得了全班第一名。

苏步青读初中时，有一堂数学课，改变了他对数学的态度，也影响了他后来的道路。那是苏步青在浙江省立第十中学上初三时，教他们数学课的老师是刚从东京留学回来的杨老师。第一堂课上，杨老师没有讲数学，而是给同学们讲故事，分析世界形势。

杨老师说："当今世界，弱肉强食，各国列强依仗自己拥有的坚船利炮，总想侵我中华、蚕食和瓜分中华版图。因此，我中华民族亡国灭种的危险，迫在眉睫……"

苏步青第一次听到这样震撼人心的、像演讲一样的数学课。杨老师接着讲道："同学们，你们要相信，科学可以救国，发展实业，也可以救亡图存。'天下兴亡，匹夫有责'，也就是说，在座的每一位同学，都责无旁贷！"

苏步青记得清清楚楚，杨老师在这堂数学课上讲的最后一句话是："数学，是一切科学的开路先锋，为了发展科学，必须先学好数学！"

这堂课，苏步青一生都没有忘记。从此以后，他改变了自己对数学不感兴趣的态度，开始认真地对待和钻研数学。不仅如此，他还给自己立下了一个座右铭：读书不忘救国，救国不忘读书。

17岁那年，苏步青以第一名的成绩，考取了日本东京高等工业学校。满怀着读书救国、科学救国的信念，苏步青从此踏上了一条通往数学王国的艰辛和曲折的道路。

若干年后，当他回忆起自己的选择时，他这样说道："为了读书，为了科学，吃苦算得了什么？我甘心情愿，因为我选择了一条正确的道路，这是一条爱国的光明之路啊！"

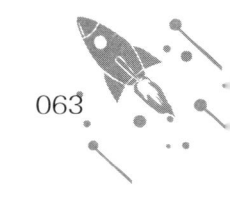

远方的火焰

※

"我是一个中国人，我愿意把自己的生命和一切，都献给祖国美丽的山河。"

1909年4月4日，一个名叫郭永怀的农家孩子，出生在山东荣成的一个小渔村里。他出生时，窗外正盛开着一簇金黄色的迎春花。所以长大后，他特别喜欢能给人间带来春天的迎春花。

生活是艰辛的。小渔村在等待这个孩子早早长大。

小镇上有一家照相馆，这个小小少年被神奇的照相机吸引住了。他梦想着长大后能成为一名摄影师，背着神奇的相机，拍下家乡的海岸、白帆，还有那些海草屋顶的房子……

可是那是战乱的年代，日本侵略者的飞机，一夜之间就炸毁了小渔村的房子和渔船。这时候，他又梦想着将来去学习航空，亲手为祖国制造出自己的飞机，让祖国母亲变得强大起来！

长大后，他来到美国，真的开始学习航空技术了。他和老师一起，研究出了比声音速度还快的"超音速飞机"的制造原理。他年纪轻轻的就成了世界著名的科学家。

1956年，他和夫人李佩带着幼小的女儿芹芹，登上大轮船，回到了新中国。

"爸爸妈妈，快看那里，五星红旗！"芹芹喊道。一回到祖国，他们全家人做的第一件事，就是来到天安门前，看一看美丽的五星红旗。

不久，他经常悄悄离开北京，去一个很远很远的地方。

他骑在高高的马背上，穿过一片辽阔的草原。春天和夏天，草原上盛开着美丽的格桑花和野葱花，还有洁白的羊群……他是变成了一个牧马人吗？

银杏树叶变黄的时候，他又会风尘仆仆地从远方回到北京。

他总是戴着鸭舌帽，穿着咖啡色的皮夹克，夹着深黄色的皮包，低着头默默走着。银杏叶落在他的头和又瘦又高的身上，他一点儿也不理会，好像总在思考着什么问题。

"看，我爸爸回来了！爸爸——"女儿芹芹像小鸟一样飞向爸爸。他弯下身，紧紧搂抱着女儿。院子里的小伙伴们，都用羡慕的目光看着他们。

芹芹经常和这群小伙伴一起数星星、听音乐，一起种树、

浇花，一起玩耍和长大。他像喜爱芹芹一样喜爱大院里的孩子们。他从皮包里拿出一些纸飞机，分给孩子们，然后又弯下腰，教他们把纸飞机掷得更远、更高……纸飞机在空中飞翔。他大笑着，把女儿举到高高的肩膀上……

晚上，芹芹弹起新练的钢琴曲给爸爸听。他高兴得搂着夫人的肩头说："李佩，你听啊，芹芹弹得多好！说不定将来会成为钢琴家！"

月亮爬上了树梢，星星在深蓝色的夜空中闪烁。他走进自己的房间，关上门，开始了一整夜的工作。他的房间，从不允许外人随便进去，就连夫人和女儿，也不能随便进去。

"妈妈，爸爸的房间，为什么我们都不能进去呀？"

"芹芹，每个人都有自己的秘密，都需要得到尊重。你要懂得，爸爸是在为我们的国家干一件大事……"妈妈这样叮嘱幼小的女儿。

"放心吧，妈妈，我会帮爸爸守住他的秘密哦！"芹芹知道，住在这里的好多伯伯、叔叔、阿姨，都是有名的科学家，他们都有各自的"秘密"，所以，她和小伙伴们谁也不去打听每个人的爸爸妈妈是干什么的。

冬天里，他从远方回来时，会戴着厚厚的皮帽子，穿着高筒皮靴和大衣。芹芹惊喜地说："爸爸，你好像书里的'大皮靴叔叔'！"原来，芹芹正在读一本名叫《小马倌和大皮靴叔叔》的故事书。

"爸爸，那里的冬天很冷、很苦吧？"

"是的，到处冰天雪地的，寒风刺骨，有时连水都烧不开，饭也做不熟。但是我们不怕！每一位叔叔、阿姨都从没怕过！"他说，"实在太冷了，我们就在雪地上点起一堆篝火，围着温暖的篝火，度过漫长的夜晚……"

芹芹的脑海里，闪过了一个个画面：寒冷的荒原，简易的房子和帐篷，噼啪燃烧的篝火……温暖的篝火，照亮了爸爸和叔叔、阿姨们坚毅的脸庞……

1964年10月16日，报纸上登出了一个特大的喜讯：中国第一颗原子弹爆炸成功！芹芹看见，妈妈捧着报纸看了一遍又一遍。

"妈妈，你怎么哭了？"

"哦，妈妈是为他们高兴啊！"

"是呀，这些科学家叔叔、阿姨太伟大了，应该给他们献花！"

妈妈说："芹芹，你好好看看，你的爸爸也在欢呼的人群里哦！"

"爸爸也在欢呼的人群里？真的吗？"

这时候，芹芹才第一次知道，原来自己的爸爸郭永怀是一位为国家研制原子弹的科学家！这一年，郭永怀55岁。他是许许多多隐姓埋名的科学家和无名英雄中的一位！正是他们，在很远很远的远方，用全部心血、智慧和力量，升起了一朵惊天动地的蘑菇云，铸成了新中国最坚固的"核盾牌"。

芹芹后来才知道，在远方，她的爸爸和叔叔、阿姨们工作的那片荒原，名叫"金银滩"，是一个极端高寒、缺氧的地方，初到那里的人，连呼吸都是困难的。

他和战友们站在风雪呼啸的戈壁上，一次次观测空投试验。有时候，他和战友们就支着帐篷，睡在空旷的星空下，远处会传来一阵阵狼嚎……有时候，他和战友们围着篝火，在雪窝子里度过漫长的黑夜……从导弹，到原子弹，到人造地球卫星……为了祖国母亲的强大，他们从事的是一项多么艰巨的事业啊！

又一个春天到来了。他最喜欢的金黄色迎春花正在窗外盛开，等待他从远方回来。他的60岁生日快要到了。芹芹帮妈妈挽着毛线，妈妈在为他编织一件红毛衣。

可是这一次，最后一朵迎春花落下了枝条，他还没有回来。

转眼又是冬天了……1968年12月4日，他要尽快把一

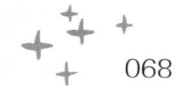

份重要文件送回北京，就带着年轻的警卫员小牟，迫不及待地登上了夜航的飞机。不幸的是，凌晨时分，飞机突然失去平衡，坠毁在一片玉米地里……

在火海中，他首先想到的就是怎样保护好那份文件。他和警卫员一起，把装着文件的公文包紧紧夹在胸前。文件保住了，他们两个却在烈火中牺牲了！

他这次回来，本来想给芹芹买一双她喜欢的棉皮鞋，芹芹和妈妈也为他织好了红毛衣，作为生日礼物……可是这一切，他再也看不见了。这年冬天，纷纷扬扬的大雪不停地落啊、落啊……

"妈妈，这场大雪是为爸爸下的吧……"

"是的，孩子，从远方回来的爸爸，又乘着飞舞的雪花回到了远方，回到他眷恋的地方去了……"

在他牺牲后不久，中国第一颗热核导弹弹头试验成功！他的生命，仿佛也融化在一朵高高升起的蘑菇云里。

1968年，科学家郭永怀被授予"烈士"称号。1999年，他又被追授共和国"两弹一星"功勋奖章。

"我是一个中国人，我愿意把自己的生命和一切，都献给祖国美丽的山河。"在远方的荒原上，他深情的声音还在回响……

在天边，在星空下，温暖的篝火还在噼啪燃烧……那是他和共和国的英雄们留下的永不熄灭的火焰。

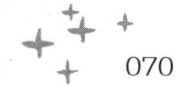

阁楼上的灯光

---- ＊ ----

"要我说嘛,世界上最美的东西,还是数学!是的,只有数学。"

金黄的月亮悄悄隐进云层里,星星好像也困倦得眨起了眼睛。夜,很深很深了。安静的小街上,窄窄的石板路发出暗光。

一位卖汤圆的老爷爷,挑着担子,渐渐消失在小街尽头……

只有一个临街的小店铺的阁楼上,还亮着橘黄色的灯光。灯光那么微弱,又那么明亮,透过小窗闪耀出来。

小小的油灯下,少年华罗庚正在抄写一本名叫《微积分》的书。这是数学老师借给他的一本书,每一页上都写满了奇怪的演算公式和数学符号。它们像最美的诗句、最精彩的童话一样,让他着迷。

"笃笃,笃笃……"巡夜的更夫有节奏地敲打竹梆的声音从街上传来。一听声音就知道,天快要亮了。可是,华罗庚一点儿睡意也没有。

　　灯盏里的豆油快要燃完了。他放下抄书的笔，揉揉眼睛，一页一页欣赏着那些神奇的数学公式。这时候，从对面邻居家传来磨豆腐的声音。

　　"早呀，罗庚哥哥，你又熬夜了吧？"每天清早，邻居家的小女孩儿，总是挥着小手，第一个向他问早安。

　　"你早呀，小玲玲，真是个勤快的小妹妹，每天这么早起来帮妈妈磨豆腐！"罗庚推开窗户，和小女孩儿说着话。

　　"嘻嘻，一会儿来喝豆腐脑哦。"小女孩儿一边忙活，一边说，"我又给你捡回了一些演算纸！"

　　是呀，华罗庚最喜欢、最需要的东西就是演算纸。因为家境贫寒，他刚刚读完初中就辍学了，在家里帮爸爸打理小杂货铺。他总是喜欢坐在那里想啊想的，沉浸在自己的想象里。他是一只渴望展翅飞翔的小鹰，却被关在了狭窄的竹笼里。

　　一本破旧的《解析几何》，一本薄薄的只有50页的《微积分》，成了他身边无声的伙伴。他记不清已经翻阅多少次、多少遍了。只有在翻阅它们的时候，他才感到什么叫喜悦和激动。

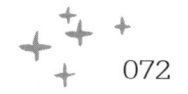

他的耳边没有音乐，那些数字、公式、符号，就是他心中的音乐；他的身边也没有图画，那些几何图形、公式和曲线，就是最美的图画。

爸爸买回来给顾客包东西用的旧纸张，都被他用来做数学计算题了。只要一做起数学题来，他就忘记了周围的一切，就连来店铺买东西的客人，也不管不顾了。

这样的事出现得多了，爸爸就会很生气。有好几次，爸爸气得把他演算的一大叠草稿纸撕碎了，丢进了火炉里。他躲避着爸爸，把那本《微积分》死死地抱在胸前……

不过，爸爸很快也懊悔了。夜深人静的时候，爸爸蹑手蹑脚地探头到阁楼上，看到儿子在灯光下埋头读书，他是多么心疼啊！

爸爸轻轻地给他披上一件单衣，说："不早了，睡一会儿吧，别把眼睛熬坏了呀！"罗庚揉了揉疲倦的眼睛，低下头说："对不起，爸爸，是我不好，没有看好店铺……"

"孩子，爸爸没念过多少书，不明白你天天在纸上演呀算的那些东西，真的……能有用吗？"爸爸试探着问道。

"当然啦，爸爸，咱们中国古代的科学家在数学领域为人类作出了巨大贡献，像《周髀算经》《九章算术》，还有《孙子算经》，都是中国古代文明的一部分，也是世界上最早的

数学著作呢！"华罗庚说起数学来，比对小杂货铺里的物品熟悉多了。

有一天，爸爸从外面进货回来，递给他一个用旧报纸包裹的纸包，说："你看看，不知道这个对你有没有用？"

这是一本《大代数》。深蓝色的封面有点儿卷角，可是，它蓝得就像美丽的大海，也像深邃的夜空。

华罗庚双手捧着这本书，就像捧着一只珍贵的宝瓶。"谢谢您，爸爸！"他给爸爸深深地鞠了一躬。他抬起头时，眸子里噙着晶莹的泪水。

秋风卷着金色的落叶，吹过了静静的小巷，吹过小杂货铺的门前。华罗庚长大了，有了贤惠的妻子和温馨的小家……

可是，一场可怕的瘟疫袭击了平静的江南小镇，也使华罗庚在病床上躺了大半年。最终，病菌侵入了他的腿关节，使他的左腿关节粘连变形，他成了一个残疾人。生活变得越来越艰辛了！

一个漆黑的夜晚，他拄着拐杖，朝着一团明亮的灯光走去。

这是曾经借给他《微积分》的那位王老师的住处。王老师还是一位翻译家，是诗人但丁的伟大诗篇《神曲》的译者。王老师是他的偶像。

他把自己写的一篇论文交给了王老师。他论证的是数论

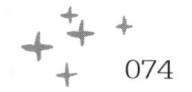

中的一道著名世界难题。橘黄色的灯光,映照着他和王老师,还有他的论文。

"我觉得我可以证明它!"他满怀自信地对王老师说。

"不,罗庚,你想想,要是每一道世界难题,都能这样轻易地被证明,那也就不能称为世界难题了!"

最终,他在老师面前——不,他在真理面前,低下头来。

"不要灰心!"王老师拍拍他的肩膀,给他讲了一个故事,"德国大数学家希尔伯特,生前最后一次参加国际数学会议时,给世界留下了23道数学难题。只要你对这些难题有兴趣,敢于去拔这些硬钉子,我相信你,一定会有收获的!"

23道世界难题!这时候,在他心中,每道难题都充满了巨大的诱惑力。他挂着拐杖,默默地离开了王老师的家。

"等着我吧,你们这些难题……"他一边走,一边这样想。

他看到,夜空中不知什么时候出现了那么多闪亮的星星。

宝石一样的星星,在小阁楼上空,在静静的小城上空,闪耀着。星星们好像在注视和陪伴着那个闪烁着橘黄色灯光的窗口。安静的小街上,窄窄的石板路仍然发出暗光。

那位卖汤圆的老爷爷,又挑着担子,渐渐消失在小街尽头……

小女孩儿玲玲也长大了。她仍然站在小街对面的屋檐下，远远地望着灯光闪耀的小阁楼，华罗庚埋头演算的影子，清晰地映照在窗户上……

"罗庚哥哥，晚安哦！你的梦想一定会实现的！"玲玲怀里抱着一叠给华罗庚收集回来的演算纸，默默说道。

春天来了，桃花、杏花和梨花盛开了。江南辽阔的田野上，金色的油菜花一片连着一片，从眼前一直伸展到了天边……

这天，一位绿衣邮差给华罗庚送来了一封信。他的一篇数学论文在上海的《科学》杂志上发表了。

远在北京的大数学家熊庆来先生也读到了这篇论文。幸运女神向华罗庚伸出了温暖的手。熊庆来先生邀请华罗庚来到清华大学，在他的身边研究数学……

很多人都不会想到，这个每天拖着残腿，拄着拐杖，抱着一摞书，默默行走在校园里的人，是一颗正在冉冉升起的数学巨星！

26岁的时候，他以访问学者的身份，来到剑桥大学学习。

27岁的时候，他回到清华大学，担任数学教授。

36岁的时候，他拄着拐杖，来到普林斯顿大学高等研究院，在爱因斯坦工作过的地方，继续研究数学……

在艰苦而漫长的抗战岁月里，中国教育界的有识之士们

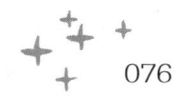

克服了种种困难,哪怕在最简陋的条件下也要继续开办学校,让青少年一代的学业得以延续。

当时,无论在大学里,还是在中小学里,大家都有一个共识:只要中国的教育还在,中国的文化还在,中国就不会亡!中国人是可以站起来的!很多内地的中小学校即便是在不断迁徙的过程中,教育也不曾中断过。当师生们千里跋涉到西南地区,找到了一块偏僻和安全的地方落脚后,哪怕在极其简陋的条件下,他们也赶紧开课。

此时,华罗庚一家住在云南乡下,虽然有时候贫困到了食不果腹的地步,但是,华罗庚从未放弃过对孩子们的教育和信心。他的第四个孩子出生后,生活变得更加艰难了。

可以想见,四个孩子有的正处在嗷嗷待哺和长身体的阶段,有的正在入学、求知的年龄。华罗庚很疼爱自己的孩子,孩子们也喜欢缠着自己的父亲,让他讲故事、讲笑话。

可是,讲故事还真不是这位教授父亲的"强项"。他是一位数学家。他在空闲时间陪孩子们做游戏的时候,说着说着就又说到了他心心念念的数学上。

有一天,跑警报的时候,他带着孩子们躲到了一片小松树林里。

松树的枝叶散发着淡淡的清香,地上落满了干爽的松针,还有一些熟透的松果散落在地上。

华罗庚带着孩子们捡来不少松果，有的松果里还藏着一些小小的、熟透的松籽儿。

"来，这也许是小松鼠们吃剩下的松籽儿，每人两颗，尝一尝香不香啊？"他仔细地嗑出那些松籽儿，一一分给孩子们。

平时难得有空闲时间和孩子们坐在一起，他看着孩子们因为营养不良而瘦弱的样子，心里不禁充满了愧疚，觉得对不起孩子们，连一顿饱饭都难得让他们吃上，没有尽到一个父亲的责任。

"我来考考你们吧，你们说说看，世界上什么东西最美呀？"

他想让孩子们高兴一下，就给孩子们提出了一个问题。

"音乐最美！"大女儿华顺答道。华顺已经到了可以帮爸爸妈妈料理家务、分担忧愁的年龄了。她喜欢音乐。爸爸的论著《堆垒素数论》，就是她用打字机给爸爸打出来的。

"当一个医生最美！"儿子俊东的理想是当一名医生。因为他觉得，当医生可以治病救人，解除人们的病痛。

"好啊！音乐，医生，那么你呢，小不点儿？"

华罗庚望着最小的孩子，笑着问道。

"我要……玩具，玩具最美！"最小的孩子回答说。

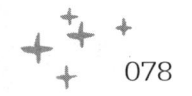

"孩子们,你们讲得都不错呀,音乐,医生,玩具……这些都是世上很美妙的事情,等我们抗战胜利了,回到北平,这一切都会有的!你们的梦想,都是可以实现的!"

"爸爸,那您觉得,世界上什么东西最美呢?"华顺问道。

"要我说嘛,世界上最美的东西,还是数学!是的,只有数学。"

那一天,在小松树林里,华罗庚耐心地给孩子们讲了许多关于数学的神奇与美妙之处。

他告诉孩子们,早在公元前500年左右的古希腊时期,毕达哥拉斯就说过:整个宇宙,是数和数的关系的和谐系统。

在毕达哥拉斯之后,普洛克拉斯又指出:哪里有数,哪里就有美。

还有写过《数学原理》的大哲学家、大数学家罗素,他认为数学的美妙,只有音乐能够与它相比。

华罗庚告诉孩子们,数学,不但是一种严谨的真理,而且还具有至高无上的美,这种美就像雕刻一样,是一种冷而严肃的美。它没有华丽的装饰,它是那么纯粹和严格,能够达到只有音乐才能具有的那种完满的意境……

孩子们都在好奇地聆听着父亲的讲述,尽管两个小一点儿的孩子未必能听得懂父亲的话。

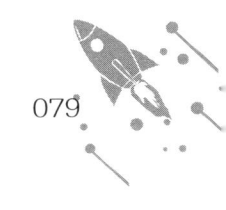

最后,华罗庚又说道:"我讲的这些,你们现在听不懂也没有关系。有人说过的,数学是上帝用来书写宇宙的语言。别说你们啦,就是许多研究了一辈子的数学家,包括爸爸在内,也未必能完全听得懂这种'上帝的语言'和'宇宙的语言'。不过,我倒是真心希望,等你们长大了,上学念书了,都能好好地热爱数学,学好数学。好了,说了这么多,现在,爸爸就给你们出一道数学题,大家一起来做做看,看谁最先得出正确答案,好不好?你们都听好了……"

他给孩子们出的这道数学题是:假如我们家共有九口人,每人每天吃半两油,那么,一个月需要多少斤油?

孩子们听了,都饶有兴趣地思考起来。有的还拿起一根小树枝,在地上演算着。

"0.5两×30天×9人÷16两(当时的1斤等于16两),对吗?"聪明的儿子抢先问道。

"这样列算式,当然也是可以的,不过你可以再想想,还有没有更简单的方法呢?"华罗庚笑眯眯地引导和启发着孩子们。

孩子们面面相觑,一时找不到更好的算法。

"你们想想,每人每天半两油,每人一个月就是30个半两，也就是 15 两，1 斤差 1 两，那 9 个人呢？就是 9 斤差 9 两，也就是 8 斤 7 两，这样思考是不是简便多了呢？"

原来，这就是华罗庚一直在琢磨的一种数学计算方法："直接法"。

从此，华罗庚发明的这个"直接法"，就牢牢地刻在了孩子们的心里。

不久，在另一片松树林里，也是在跑警报的时候，又发生了一件让一些大学生和助教记忆深刻的故事。

那天，华罗庚和女儿华顺、助手闵嗣鹤，还有其他几个学生，正在松树林里席地而坐。大家在躲避敌机轰炸时也不浪费时间，缠着华罗庚教授，希望他再讲一讲"直接法"。

"好吧，你们听好了！"华罗庚说，"假如我是个船长，船有 3 丈宽，6 丈长，坐了 50 人，载了 50 斤货，请问：船长有多少岁？"

大学生们一边埋头在本子上记下这一串数字，一边开始思索。

不过，过了好一会儿，也没有人计算出答案。

这时，只听了父亲说出的第一句话就跑到旁边玩耍的华顺，转了一圈回来，正好听见了父亲提问，就脱口而出：

"27！"

华罗庚的助手和大学生们听了，都没明白过来是怎么回事。

华罗庚笑着问女儿："你是怎么算出来的？"

华顺回答说："爸爸刚才不是说，你是船长吗？"

"没错，回答得完全正确！"华罗庚大笑着夸赞说。

许多年后，华顺才真正懂得，父亲的这个"直接法"，其实就是在第一时间把不相干的东西排除，抓住最本质的东西的一种演算方法。

1949年，美丽的新中国诞生了！第二年春天，归心似箭的华罗庚带着全家登上了一艘驶往东方的大船。海风吹拂着他早生的白发……

大船在浩瀚的太平洋上缓缓前行。他站在船舷边，仰望着茫茫星空，寻找着祖国的方向。他的心，在向着祖国飞奔……

在漫长的航程中，他起草了一封《致中国全体留美学生的公开信》："朋友们！梁园虽好，非久居之乡，归去来兮！……"

1979年华罗庚出访欧洲和美国，这一年他近70岁了，有一位英国女士问他："华先生，您回到中国后，感到后悔吗？"

"后悔？不，从来没有后悔过！"他说，"我的一切都是属于祖国的，我活着，我奋斗，不是为了个人，而是为了我的祖国！"为了祖国，工作着是美丽的，也是快乐的。

新的生活开始了，华罗庚每天是多么忙碌啊！他在讲台上和黑板前，送走了一个个白天和黑夜。数学也是美丽的，他在数学研究领域不断取得新的成果。他在解析数论、复变函数、矩阵几何学、典型群方面的研究，开创了"中国学派"……

有一天，他带着学生们来到工厂，给工人讲解他发明的数学"统筹法"和"优选法"。

当年的那个小玲玲，也成了一名光荣的女工！玲玲和女工们把"统筹法"和"优选法"用到了工作中，大大提高了生产效率。

多年以后的一个夜晚，金黄的月亮悄悄隐进了云层里。

一个小女孩儿拉着奶奶的手，指着远处问："奶奶，华爷爷当年的小阁楼，就在那里吗？"

"是的，就在那里。"玲玲奶奶和小孙女一起，望着远处的一幢高楼，喃喃地说："变了，一切都变了，变得都认不出来了……"

"奶奶,好可惜呀,再也看不到华爷爷小阁楼上的灯光了。"

"不,孩子,你看,高楼上面那些一闪一闪的星星,最大最亮的那颗,就是华罗庚爷爷。"

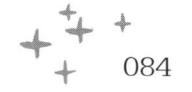

月亮上的环形山

*

小火箭带着他的梦想，向着夜空飞去……

很小很小的时候，钱学森就喜欢坐在夏夜的草地上数星星，遥望月亮上的环形山。深蓝色的夜空里，每颗星星都闪烁不停，就像灿烂的宝石和花朵。

"看，那是猎户星座，那是双子星座……"他指着遥远的星空，告诉小伙伴们那些星星和星座的名字。

突然，有一颗流星拖着尾巴，划过了夜空，他和小伙伴们都被流星的光焰迷住了。这也引起了他的思考：将来有一天，人类能不能制造出一种东西，它拖着长长的、耀眼的光，人们可以乘着它在星星中间飞来飞去呢？

有时候，坐在中秋夜的月亮下面，爸爸会给他们讲解古代诗人屈原的诗歌："夜光何德，死则又育？厥利维何，而顾菟在腹？"意思是说，月亮呀，你是不是拥有什么特殊的品性？为什么能够缺了又圆，落下了还会升起来？你为什么要把一只小小蟾蜍养在自己的腹中？

冬日里，爸爸会和他一起，在院子里滚雪球、堆雪人、打雪仗……

爸爸也经常带他登上高高的香山，欣赏红叶。

"爸爸，你看，那里有只老鹰！"他望着飞翔的老鹰，羡慕地说，"我要是能像老鹰那样在天上飞，多好啊……"

长长的夜晚里，他会坐在客厅里，安安静静地听妈妈给他讲岳飞的故事。妈妈的声音是那么温柔、那么美！不过，听着，听着，他的目光就被窗外的月亮和星空吸引了。他趴在窗户上，伸出双手，好像要摘下一颗星星来。

有一天，他端着书本跑进书房里，问爸爸："爸爸，《水浒传》里说，那108个英雄，是108颗星星下凡变成的。那么，世界上的大人物，那些为人类作出了贡献的伟人，也是天上的星星变的吗？"

爸爸放下手中正在做的事，认真想了一下，回答他说："学森呀，星星下凡，只是人们的一种幻想，是古代人的一种美好愿望。其实，所有的英雄和伟人，像张衡、祖冲之、诸葛亮、岳飞、文天祥，还有孙中山呀，他们原本都是普通的人，只是他们从小就爱动脑筋，有远大的报国志向，不怕任何困难，所以才能做出惊天动地的大事情。"

"哦，原来英雄和大人物，都不是天上的星星变的！那我长大了也可以成为英雄吗？"

"当然能啊！"爸爸高兴地说，"自古英雄出少年嘛！只要你从小就立下美好的志向……"

爸爸的话，钱学森牢牢地记在了心里。

上小学时，男孩儿们都喜欢玩一种飞镖游戏。用硬纸片折成的飞镖，头部尖尖的，有一对向后斜掠的翅膀，掷出去能像燕子一样飞行，还能在空中回旋。可是，小伙伴们比赛掷飞镖，只有钱学森折的那只，飞得又稳又远。

"哇，有什么鬼？难道你给飞镖念了魔咒吗？"小伙伴们不服气，拿过他的飞镖仔细检查，想看看他到底搞了什么"鬼"。

这事正好被自然课的老师撞着了。老师让钱学森再掷一次飞镖，飞镖还是飞得又稳又远。老师说："学森同学，请告诉大家，这里面到底有什么奥秘？"

"哪有什么秘密呀！"他拆开飞镖给小伙伴们看，"你们看，如果飞镖尖头太重，就会往下扎；也不能太轻，轻了尾巴就会变沉，飞不起来；翅膀太小了，飞不平稳；太大了，又飞不远，爱兜圈子。"

小伙伴们按照钱学森的讲解，重新改进了自己的飞镖。

那么多飞镖一齐掷出去,每一支都飞得又稳又远。

小小的纸飞镖变成了远航的大船。钱学森长大了,乘着大船,跨过太平洋,开始寻找他的科学梦想。

1935年9月,钱学森进入美国麻省理工学院航空工程系学习。坐在大学校园的绿草地上,他还是那么喜欢仰望星空。不久,他又转入加州理工学院航空工程系,跟着科学大师、被人们称为"超音速飞行之父"的冯·卡门先生学习航空动力学。

"孩子,你来自一个多么伟大的民族!好好学吧,航空和航天科学一定能让你苦难的民族和国家,像凤凰一样浴火重生的!"

冯·卡门先生主持的航空实验室,被誉为人类火箭技术的摇篮。钱学森成了冯·卡门先生最赏识、最信任的助手。

美丽的繁星在闪烁……星星好像在呼唤着每一个喜欢仰望星空的人。"中国男孩,欢迎你成为'火箭俱乐部'的一员!""火箭俱乐部"的同学们敞开怀抱拥抱了这位火箭迷。

美丽的星夜里,钱学森和"火箭俱乐部"的同学们一起,发射了自己造的第一枚小火箭。小火箭带着他的梦想,向着夜空飞去……他那时的梦想,就是为了让自己的祖国、让全人类飞得更远、更快、更高!

这时候，他在童年时遇见过、曾和他一起听妈妈讲故事的一个小女孩儿也长大了。当他在美国学习的时候，她在德国留学，成了一名女高音歌唱家。

就像童话故事里一样，这一天，美丽的公主披上了洁白的婚纱。一对青梅竹马的小伙伴，永远地走到了一起。

他送给新娘的礼物是一架漂亮的大三角钢琴。"你的琴声和歌声，会带给我创造的想象和灵感！"他说。

"那我天天弹琴、唱歌给你听。"她回答说。

他们坐在异国的天空下，依偎在一起，像小时候一样，数着满天的星星。不一会儿，星星隐退了，圆圆的、金黄色的月亮升起来了。

"看，月球上那些隐隐约约的影子，就是环形山。"他指着遥远的月亮，告诉她说，"那里的许多环形山，都是以一些伟大的科学家的名字命名的……"

"学森，继续加油哦！"她望着他的眼睛说，"有一天，你的名字也会写在那里的……"

"谢谢你，我会努力的！"他轻轻搂着她，喃喃地说道，"你看，我们的祖国，就在那片月光下……"

1949年10月1日，伟大的新中国诞生了！他和夫人归心似箭，恨不能立刻飞回祖国。可是，回家的路是那么漫长和曲折！他们冒着生命危险，冲破重重阻力，带着两个幼小的孩子，终于踏上了回国的旅程……

大船朝着祖国的方向，正在乘风破浪……两个人迫不及待地站在甲板上，心里大声呼唤着："祖国啊，我们回来了！回来了！"

回到中国不久，一位身经百战的将军，迫不及待地向他问道："尊敬的大科学家，请告诉我，咱们中国人能不能造出自己的导弹呢？"他微笑着回答说："当然能！外国人能造出来的，我们中国人同样能造出来，必须造出来！"

不久，他就像突然"失踪"了一样。家人、朋友都不知道他去哪儿了。就是知道了，谁都不能说出来。儿子大半年见不到爸爸，常常问妈妈："爸爸去哪儿了？"

妈妈只能这样告诉儿子："爸爸在远方，在很远很远的地方……"

一个冬日，儿子正和妈妈一起思念着爸爸。忽然，一个戴着皮帽，穿着皮大衣和大头皮鞋，满身披着雪花的"因纽特人"推门闯了进来……

"爸爸！天哪，真的是爸爸回来了！"儿子惊喜地拥抱着爸爸。

是的，爸爸是从很远又很冷的、荒无人烟的戈壁上回来的。许多年之后,儿子才知道,爸爸"失踪"后,一直在遥远的戈壁滩上和无数的科学家叔叔、解放军叔叔一起工作。

钱学森把全部精力都投入到了中国导弹、火箭、卫星和飞船的研制与发射上,成为中国"两弹一星"元勋、中国航天科技的奠基人。

他年老的时候,仍然喜欢和自己最亲爱的人一起,坐在夏夜的草地上数星星,遥望月亮上的环形山……

人们说,他为国家作出的贡献也像天上的繁星一样众多,一样耀眼。他创立的多种学说,能使工人们更快、更好地完成大工程,也能让我们居住的城市变得更美丽,让荒凉的沙漠变成神奇的宝库……

在不远处的草地上,一位美丽的女教师领着一群小朋友,坐在那里看星星。女教师指着辽阔的星空说:"孩子们,你们知道吗?在那些像宝石一样闪烁不停的星星里,有一颗国际编号为3763的小行星,就是用钱学森爷爷的名字命名的,它的名字就叫'钱学森星'。"

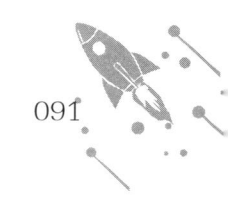

摘星星的小女孩

* * *

"'慧眼'卫星是我们一生中永远值得仰望的山峰和星星……"

在萤火虫飞舞的夏夜里,你有没有和小伙伴一起仰望过星空?你有没有数过闪闪的星星?你有没有寻找过哪颗星是神话故事里的牵牛星?哪颗星是织女星?美丽的北斗七星在哪里?

2017年6月15日上午,科学家们聚集在甘肃酒泉卫星发射中心,正在紧张地忙碌着。11点钟,安静的指挥室里传出倒计时的口令声:"5、4、3、2、1,发射!"

带着"中国航天"标志的"长征四号乙"运载火箭点火升空,把我国第一颗X射线空间天文卫星(简称HXMT),成功地发射到了茫茫宇宙里。

这颗特大的卫星总质量约2.5吨,装载着很多先进的观测仪器。它就像天空中一只明亮的"大眼睛",所以,科学家们给它起了个美丽的名字:慧眼。

为什么叫"慧眼"呢?这里面有两层含义。

一层含义是说,这是一只智慧的"大眼睛",它具有最敏锐的眼力,能够巡视和扫描茫茫宇宙,发现和"破译"太空里的各种秘密。就连宇宙中最神秘的黑洞也逃不过这只"大眼睛"。

另一层含义,是为了感谢一位伟大的科学家——何泽慧。何泽慧的名字里有一个"慧"字,取名"慧眼",是纪念她为这颗大卫星成功遨游太空作出的巨大贡献。

让我们从1914年3月5日这天讲起吧!这一天,一个可爱的小女孩儿,出生在苏州市一座美丽的园林式宅院里。她就是未来的物理学家、被人们誉为"中国的居里夫人"的何泽慧。

何泽慧是中国第一位物理学女博士,中国科学院第一位女院士,中国第一代核物理学家,也是一位世界级的女科学家。

何泽慧的家族是一个真正的"贵族之家"。据记载,在清朝300年间,她的家族里出了15名进士、29名举人、22名贡生、65名监生、74名生员……所以苏州坊间曾流传着"无何不开科"的说法。

近代以来,何泽慧的家族更是人才辈出,很多人都是国家的栋梁和俊杰。这是中国科学史上的一个罕见的奇迹，也是一个值得研究和传颂的"科学家风，代代传承"的绝佳案例。

何泽慧的童年，是在富裕的书香家庭里度过的。这是一个真正的大家庭，良好的家风就像春风细雨一样，滋润着孩子们成长。何泽慧兄弟姐妹共有八人，个个都养成了爱读书的好习惯。何泽慧经常大声背诵诗词和讲故事给弟弟妹妹们听。

谁也想不到，不久的将来，从他们兄妹当中，出了四位物理学家、一位植物学家和一位医学家。

奇怪的是，何泽慧稍稍长大了一些后，竟然不再那么愿意陪着弟弟妹妹们玩耍了。她常常一个人夜晚坐在庭院里，静静地仰望着满天的星星。

有时候，她看星星看入迷了，忘记了吃饭。爸爸妈妈笑着问她："泽慧呀，你在寻找什么呢？"她若有所思地说："我想摘下一颗星星……"

转眼间，何泽慧长成了18岁的少女。这一年，她要去考大学时，爸爸开玩笑说："如果考不上，就回来当丫鬟哦！"爸爸没想到，她一考就考进了赫赫有名的清华大学物理系，还是当年唯一的"女状元"。

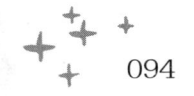

在清华大学读书时，她班里有个特别的男生，名叫钱三强。何泽慧觉得，自己学习起来已经够勤奋、够刻苦了，可她发现，这个男生比她还要勤奋和刻苦，每天晚自习总是最后一个离开教室。

他们这一届物理系毕业生仅有10个人，何泽慧毕业成绩是第一名，钱三强是第二名。大学毕业后，钱三强赴法国留学，进入居里实验室深造。当时，居里夫人已经去世，居里实验室由她的女儿和女婿主持工作。一位物理学的新星，正在悄悄地升上科学的天空……

何泽慧也来到了欧洲，希望能顺利进入德国柏林高等工业大学技术物理系深造。她想，等学业完成了，就可以尽早回到祖国，去实现科学报国的志向了！可是，这里的系主任婉言拒绝了她："对不起，女士，技术物理系是保密级别的专业，从没招收过外国学生，更不要说是女性了。"

何泽慧当然不肯放弃，就请求说："我来这里求学，只有一个心愿，就是学成后回到我的祖国，用科学的力量去抵抗日本法西斯侵略者，去维护世界和平，去创造人类的美好生活！先生，这不也是您从事科学研究的理想吗？"

一番真诚的话语里，透着真挚的爱国感情和满腔正义的科学精神。系主任被打动了！何泽慧如愿以偿，成了该校技

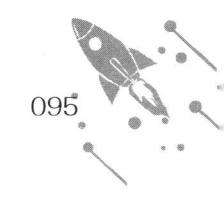

术物理系创建以来的第一名外国留学生，也是全系第一名外国女留学生。

1940年，何泽慧以优异的成绩获得博士学位后，又进入柏林著名的西门子工厂弱电流实验室，加入了研究团队。1943年，她又进入德国海德堡威廉皇家学院核物理研究所，从事原子核物理研究。

战火纷飞的年代，家书抵万金。她和祖国亲人的联系越来越困难了。不过，她和正在欧洲留学的大学同学钱三强联系上了。因为战时条件的限制，两人之间每次的通信只能在25个字以内。他们就用短短25个字互报平安，互相代为转达对祖国亲人的问候，也用这短短的25个字讨论科学、讨论未来的人生选择。

这一天，何泽慧又收到了钱三强发来的25个字。但这次的25个字，竟是一封求婚信："我向你提出结婚的请求，如能同意，请回信，我将等你一同回国。"

两个心心相印的年轻人都看到了，战争的硝烟就要散去，远方的祖国正在迎来抗战胜利的曙光。何泽慧没有丝毫犹豫，马上回信说："感谢你的爱情，我将对你永远忠诚。等我们见面后一同回国。"

1946年春天，第二次世界大战的硝烟散去了。何泽慧来到钱三强身边。在居里夫人女儿和女婿的见证下,两人举行了神圣的婚礼。一对相亲相爱的青年科学家,组成了一个珠联璧合的"物理之家"。

结婚后,这对年轻的科学伉俪双双进入巴黎大学居里实验室做研究工作。就像另一对居里夫妇一样,在世界物理学领域,他们正在创造着自己的辉煌。

经过多次缜密的实验和研究,夫妇俩在铀核的裂变领域有了一个重大的发现。这一发现公布出来后,瞬间引起了西方物理学界的惊讶!有人说这一发现是二战之后物理学上最有意义的一项进展。欧洲的同行们把何泽慧尊称为"中国的居里夫人"。

据说,这一发现的分量,在当年足够获得诺贝尔物理学奖。可是,因为当时整个西方对中国的偏见和歧视,诺贝尔奖并没有公正地对待何泽慧、钱三强的这个科学发现。

科学没有国界,但科学家有自己的祖国。法国提出破格晋升钱三强为研究导师,希望留住他们夫妇。可是,再优厚的待遇也挽留不住他们的爱国心和报国心。1948年,何泽慧和钱三强冲破各种刁难和阻挠,回到了祖国的怀抱。

在新中国百废待兴、科学领域更是一片空白的日子里,何泽慧和钱三强一起,受命担负起了筹建中国科学院近代物理研究所的重任。经过短短几年的努力，近代物理研究所由最初的 5 个人扩大到 150 人，形成了新中国第一支较有规模和实力的物理研究队伍。

1958 年，中国第一台反应堆和回旋加速器建成后，何泽慧担任了中子物理研究室主任。她和团队日夜攻关，使中国快中子实验研究迅速赶上了当时的国际先进水平。

当年那个幻想着"摘下一颗星星"的小女孩儿，现在真的开始在茫茫的宇宙和浩瀚的星空里驰骋了……

1973 年，59 岁的何泽慧又受命担任中国科学院高能物理研究所副所长，参与和领导了中国宇宙线超高能物理、高能天体物理的研究和发展事业。

在她的倡议和指导下，这个时期中国有了一项重大的科学成果：高能物理研究所在西藏甘巴拉山建成了世界上海拔最高的高山乳胶室。这使中国成为当时少数几个能生产核乳胶的国家之一。

这时候，钱三强已成为新中国核科学事业的重要领导者和参与者。可是，很多人并不知道，在新中国核科学的发展进程中，在筑造新中国坚固"核盾"的事业中，也留下了何泽慧的身影和足迹。

我国第一颗原子弹使用的点火中子源——简单来说，就

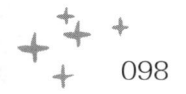

是怎样给原子弹点火的技术，就是何泽慧负责研制出来的。因为她的贡献，中国核武器研制才没有多走弯路。

接着，何泽慧又把目光投入到了一个新的领域，在领导和推动中国高能天体物理的研究工作、发展高空科学气球的同时，中国的空间硬 X 射线探测技术及其他配套技术也开始大踏步地朝前迈进……

已经 90 岁高龄的何泽慧仍然时刻牵挂着祖国的科学进程。她给中国科学院领导写信，建议将 HXMT 卫星项目尽快立项。她以科学家的敏锐眼光建议说："我们应该尽早着手，抓住在这个新的领域取得突破的机会……"

难道她没想到过吗？像她这样早已功成名就的科学家，出面支持一个全新的、未知的研究领域，是要担当可能失败的风险的。但是，为了促进国家科学事业的进一步发展，为了加快全人类追求科学梦想的脚步，她把个人声誉放到了一边。

这样高龄的科学家仍然在和年轻的科学家们一起工作。她叮嘱和鼓励年轻的科学家们："第一颗 X 射线空间天文卫星，我们中国自己的科学家一定要把它送上太空！"

是的，就是这颗神奇的大卫星，这只智慧的"大眼睛"，不知道耗去了科学家们多少个不眠的夜晚……

在一位年轻科学家的工作台上，贴着一张奇特的彩色图

片：大约400年前的一颗恒星爆炸后留下的绚丽景象。为什么要摆放这样一张图片呢？原来，这位科学家在时刻提醒自己：不要忘记盛开在宇宙深处的美丽花朵，它们都在等待我们去采摘！就像何泽慧童年时想摘下一颗星星一样。

从最早在高高的雪山上空放飞气球试验，到成功发射空间天文卫星进入茫茫宇宙，这个过程，耗尽了何泽慧大半生的心血，凝聚着中国科学家们的心血和汗水，也见证和记录了中国科学家们的奋斗历程。许多参与HXMT卫星项目的科学家都说过这样一句自豪的话："'慧眼'卫星是我们一生中永远值得仰望的山峰和星星，也是我们永不失明的、最美丽的'大眼睛'。"

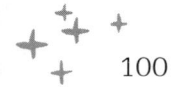

享受物理学之美

———— * ————

自然科学应该与人文科学多多交流和取长补短。

物理学界有一个通俗的说法:同样是诺贝尔物理学奖,可以分为三等,三等之间差距非常大!第三等的贡献仅仅是第二等的1%;第二等的贡献是第一等的1%。

1957年10月,杨振宁和李政道一起获得了当年的诺贝尔物理学奖。两人成为第一次获得诺贝尔奖的华人。物理学界评价说,他们两人获得诺贝尔奖的那个研究成果,应该列为诺贝尔物理学奖中的第一等的贡献。

毫无疑问,杨振宁是20世纪最重要的物理学家之一。

在通往科学的道路上,对杨振宁影响最大的人是他的父亲。他的父亲是一位数学教授,因此,杨振宁一直对数学有审美上的偏爱。有人认为,数学仅仅是一种工具,但杨振宁却认为,数学是一种艺术,作为物理学家,他认为自己具有数学家的一种审美观念。他的很多物理学的灵感来自数学。

杨振宁说，他喜欢像自己的父亲那样，去探究一些像数学那样有趣的、基本的东西。如果有机会让他在物理和数学之间做一个选择，他可能就不会搞物理，而是去做一个数学家。

在杨振宁童年时，父亲就发现了他的数学天赋，但也看到了他曾在手工课上把小鸡做成了一段"藕"。这说明，他的动手能力需要提高。父亲非常注重对他进行全面教育和素质培养。

在给他解答数学问题时，父亲总是有意识地给他补充一些中国传统文化知识，除了教他唐诗宋词，父亲还在假期中为他请了历史系的学生，教他"四书""五经"。杨振宁后来回忆说，父亲请来的那个学识丰富的历史系高才生，不只是教他《孟子》，还给他讲了许多教科书上从来没有的历史故事。所以，到了读中学时，杨振宁不仅可以通篇背诵古文，还对人文、绘画、音乐等方面有着浓厚的兴趣。以至功成名就之后，他仍为没能从事历史研究而深感遗憾。

杨振宁与自己的父亲感情深厚。父亲经常教导他，科学无国界，但是科学家有自己的祖国。后来，当《杨振宁论文选集》即将出版问世的时候，杨振宁回顾自己大半生的心路历程，想到自己对物理学的鉴赏品位是 20 世纪 40 年代在昆明西南联合大学求学时期养成的，而那时正是"国破山河在"

的抗战时期。于是,杨振宁在他的这部重要著作的扉页上,工工整整地写上了四个汉字:献给母亲。

杨振宁时刻没有忘记父亲要他报效祖国的家训——有生应记国恩隆。所以后来杨振宁毅然选择回到祖国定居、工作,把自己的研究成果都献给了中国的物理学发展事业。

杨振宁还有一个引人注目的观点:科学家应该多向文学家、艺术家学习,自然科学应该与人文科学多多交流和取长补短。

他自己在日常生活和研究中,就十分注重引进"美"的概念。比如,写科学论文或研究报告,他就告诉年轻的科学家们,能够用10个字讲清楚的,就不要用20个字、30个字。

杨振宁在美国做研究时,有一次,他的博士论文导师、被誉为"美国氢弹之父"的泰勒,建议杨振宁把一个"干净利落"的论证过程写成一篇博士论文。两天后,杨振宁就上交了论文,一共不到四页纸。

泰勒说:"这篇论文好是好,但是你能不能写得长一点儿呢?"

很快,杨振宁又上交了一篇,这次他加了两页纸。

泰勒有些生气,让他把论证过程写得更清楚、更详细一些。

杨振宁和泰勒争论了几句后就离开了。十天之后,他再

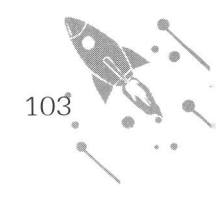

次上交了论文，也不过只有十三页而已。

这一次，泰勒不再坚持了。杨振宁也由此获得了他应该获得的哲学博士学位。

这个小故事说明，杨振宁虽然是一位自然科学家，但是他无论是写论文，还是撰写研究报告，总是十分讲究文辞，讲究论文的简洁之美和明快之美。

杨振宁喜欢用"美妙""优雅"这一类的词语来描述物理学家的工作。他说，一个做学问的人要有大的成就，就要有相当清楚的 taste（品位）。就像做文学一样，每个诗人都有自己的风格。各个科学家，也有自己的风格。

他这样解释物理学研究怎么会有自己的风格：物理学的原理有它的结构，这个结构有它的美和妙的地方。而各个物理学工作者，对于这个结构的不同的美和妙的地方，有不同的感受。因为大家有不同的感受，所以每个工作者就会发展他自己独特的研究方向和研究方法。也就是说，他会形成他自己的风格。

杨振宁最欣赏的大科学家之一是牛顿。他觉得，在科学领域里最能体现出一种科学之美的例子就是牛顿。

杨振宁说，100万年以前的人类就已经知道"太阳从东边出来，从西边下去"这个规律，可是没有人懂得这其中的美妙道理。只有牛顿懂得，这些规律是有非常准确的数学结构的。这种美，使人类对自然有了一个新的认识。杨振宁认为，这个就是令从事科学研究的人最为倾倒的美。

杨振宁获得诺贝尔奖之后，在获奖演讲中说："那时候，物理学家发现他们所处的情况就好像一个人在一间黑屋子里摸索出路一样。他知道在某个方向上，必定有一个能使他脱离困境的门。然而究竟在哪个方向呢？"

他的演讲充满了文采，赢得了人们一致的称赞。

世界量子电动力学奠基人之一、物理学家弗里曼·戴森就称杨振宁是"继爱因斯坦和狄拉克之后，20世纪物理学的卓越设计师"。

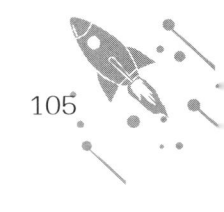

远方的人们

曾经生活在"蘑菇云"阴影下的中国人,已经拥有了最坚强的"核盾牌"。

小时候,平平只知道爸爸邓稼先在很远很远的地方工作,可是有一个疑问一直伴随着他,他问妈妈:"爸爸在干什么呢?怎么还不回家呀?"

妈妈轻轻叹了口气,说:"平平,妈妈也不知道,也许,爸爸正在草原上放马呢!"

院子里的小伙伴们聚集在一起时,也会互相猜测对方的爸爸是干什么工作的,因为这些小伙伴的爸爸也很少回家。不过,没有一个小伙伴能猜对。

稍稍长大了一点儿,平平隐隐约约明白了,爸爸不是在遥远的草原上当牧马人。他的爸爸,还有院子里小伙伴们的爸爸,都是肩负重任的科学家,他们所做的是一项高度保密的、神圣而光荣的工作!

"妈妈你看——"这天,平平把一张报纸递给妈妈,自豪地说，"您不说我也知道爸爸在远方干什么了，爸爸真伟大！"

那张报纸上，有一朵巨大的"蘑菇云"，中国的第一颗原子弹爆炸成功了！

"平平，典典，"妈妈疼爱地搂着他和姐姐，轻声说，"是的，你们的爸爸，还有那些叔叔真伟大！不过，孩子们，现在你们知道应该怎么做了吧？"妈妈用期待和信任的眼神看着姐弟俩。

平平当然知道妈妈想说什么，他说："妈妈，放心吧！"

他、姐姐和小伙伴们都知道应该怎么做。从那以后，他们再也不在一起谈论爸爸是干什么的了。

有一天，爸爸突然回家来了。爸爸胡子拉碴，看上去很消瘦，头发都白了。爸爸怔怔地看着两个孩子，一下子没有认出他们来，因为两个孩子都长高了许多。

"嗨，平平！典典！"爸爸来不及脱下军大衣，就张开了双臂。"爸爸！爸爸！"姐弟俩同时扑进爸爸的怀里。

"啊，又长高了！你看，姐姐的辫子都这么长了！"爸爸轻轻地擦去平平脸上的泪花，然后像过去一样，轻轻地刮了一下他的小鼻子。

"爸爸，你知道吗？妈妈说你是草原上的牧马人呢！"

"牧马人?"爸爸一边脱着他的大皮靴,一边笑着说,"是呀,我们在那里牧马、放羊、放牧洁白的云朵……"

"我知道,那朵大大的'蘑菇云'也是爸爸'放牧'的!我们都从报纸上看到了。爸爸,你太伟大了!"

"不,儿子,你要记着,那不是爸爸一个人的工作,那是很多科学家叔叔,还有许许多多工人和解放军叔叔用汗水、泪水和生命换来的!这朵'蘑菇云'是我们国家最坚强的'核盾牌',有了它,谁也不敢欺负我们!"

爸爸这次回来有一个特殊的任务,他要接待一位从远方来的客人,也就是爸爸最要好的朋友和同学、获得过诺贝尔物理学奖的大科学家——杨振宁叔叔。

爸爸和杨叔叔紧紧拥抱在一起的时候,平平看见,两个人的眼睛里都闪烁着晶莹的泪光。

"见老了,见老了!稼先,你们在那里一定很苦吧?"杨叔叔叫着爸爸的名字,长时间端详着爸爸的白发和皱纹。

"那没什么!"爸爸笑了笑,指着平平说,"振宁,你知道,只要我们多吃一点苦、多受一点累,他们这一代,就会多一些快乐,多一些安宁和幸福!"

杨叔叔蹲下身,轻轻抱着平平的肩头说:"平平,听见你爸爸说的话了吗?"

平平使劲儿地点了点头。这时候，在平平的脑海里，一下子闪过了许多画面——

爸爸和叔叔们扛着沉重的仪器，在茫茫的风雪中艰难地行走着……宝石一样的星星，在空旷的天空中闪耀，但是，爸爸和叔叔们只能睡在冰冷的帐篷里。有时候，帐篷被大风卷开了，他们的被子和头发上满是厚厚的雪花。大风呼啸着，吹着戈壁上的芨芨草和红柳……

爸爸和叔叔们，围着一堆篝火，一边吃着干粮，一边讨论着工作。有的叔叔，手里捏着还没吃完的干粮就睡着了……

从报纸上、广播里，不断传来中国科学家研制的原子弹、氢弹爆炸成功的喜讯。不过，每一次报道都从来不提任何科学家的名字。妈妈和孩子们只能在心里默默地为爸爸感到骄傲——不用说，这一朵"蘑菇云"，又是爸爸他们升上天空的！

有一次，他们的试验失败了！空投的核弹没有爆炸，直接坠地损毁了。邓稼先急着想查清楚失败的原因，他不顾辐射的危险，让大家待在原地，一个人冲进了试验现场。正是这次经历导致邓稼先的身体受到了过量的辐射……

邓稼先和他的同事们、战友们的名字，就像藏在深山里的矿脉和宝石一样，在地下埋藏了二十八年！

许多年后平平才知道，爸爸他们这一代人最坚定的理想

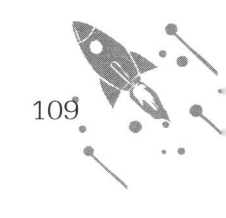

就是"干惊天动地事,做隐姓埋名人"。爸爸带领着科学家们在很短的时间内就突破了复杂的理论,揭开了原子弹和氢弹的奥秘,为国家和人民立下了大功。

有一天,爸爸的名字终于出现在了报纸上,他被称为"两弹元勋"。但是这时候,邓稼先已经到了他生命最后的时刻。

在去世前的一个上午,他让司机带着他来到了天安门广场。坐在人民英雄纪念碑下面的台阶上,邓稼先仰着头,依依不舍地看了最后一眼飘扬的国旗,还有美丽的天安门城楼、蔚蓝色的天空……

几天后,邓稼先永远地离开了他深爱着的祖国和自己的亲人。

平平看到,妈妈把爸爸最喜欢的玉兰花摆在他那间小屋的桌子上。

1996年7月29日,是邓稼先去世十周年的日子。随着"轰"的一声巨响,在他工作和战斗过的戈壁深处,中国的最后一次核试验成功爆响。也就是在这一天,中国政府向世界庄严宣布暂停核试验。

1999年,邓稼先和其他22位科学家一起,被授予"两弹一星"功勋奖章。曾经生活在"蘑菇云"阴影下的中国人,已经拥有了最坚强的"核盾牌"。平平明白,有了它,谁也不敢再欺负我们的国家了!平平懂得,爸爸这一代科学家奋斗了一辈子的梦想,终于实现了。

此生属于祖国

---※---

船长站在高高的船头，胸前挂着望远镜，手上拿着海柳木烟斗，指挥着大船行进……

黄旭华小时候，总是喜欢早晨坐在岩石上，一个人对着蓝色的大海，看那些大船和小船，扬着白帆驶向远方。

他梦想着将来有一天能成为一名骄傲的船长，站在高高的船头，胸前挂着望远镜，手上拿着海柳木烟斗，指挥着大船行进……

有一天，他竟然找来一些木板和旧渔网，"制造"出了一艘小船，还在船底开了个洞，放进一些木炭。木炭点燃了，小船像蒸汽船一样冒起了青烟。但是，他明白，这样的小船是不可能开动的。

那是战争的年代，日本侵略者的飞机把他的小船和渔民们的渔船、房屋都炸成了碎片。爸爸为他擦去眼泪，安慰他说："孩子，不要怕！炸弹能炸碎小船和房屋，却永远炸不碎中国人的梦想……"

上小学的时候，飞机天天飞来轰炸。老师只好带着他们躲进茂密的甘蔗林里，支起小黑板继续上课。在艰苦的少年时代，他学会了弹扬琴、拉小提琴，还学会了制作轮船和飞机模型。他想，要是这些轮船和飞机能变成真的该多好啊！

1945年，虽然被战火驱赶着四处漂泊，辗转求学，但黄旭华仍然以第一名的成绩考进了国立交通大学（现上海交通大学）造船系。

"从现在开始，我要把小时候被炸毁的船重新制造出来！"站在江边，望着宽阔的出海口，他和同学们一起发誓一定要为贫弱的祖国造出最坚固的大船！看上去，他们个个都像勇敢的水手，每个人都扬起了梦想的风帆，渴望去大海远航。

在一张张图纸上，他无数次设计和描画着心中的大船。那位骄傲的船长也被他描画在图纸上：船长站在高高的船头，胸前挂着望远镜，咬着海柳木烟斗，指挥着大船行进……

1956年，在新中国的天空下，两个相亲相爱的年轻人——黄旭华和李世英幸福地走到了一起。

第二年，他们的女儿出生了。女儿小名叫海燕，在爸爸

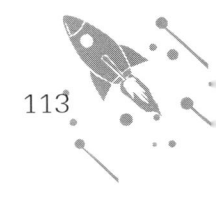

心目中，她就是大海的女儿。小海燕刚学走路时，爸爸就给她穿上了小小的海魂衫……

可是，在小海燕出生后不久，爸爸突然"失踪"了！谁也不知道爸爸去了哪里。也许，只有小海燕的妈妈知道爸爸干什么去了。可是，妈妈说："爸爸是'国家的人'，爸爸去的地方和做的事情是国家的秘密，比爸爸的生命更重要！"

迎春花、桃花、梨花开了，他没有回来；石榴花和荷花开了，他还是没有回来；金桂、银桂和丹桂也开了，他仍然没有回来；下雪了，蜡梅和红梅也开了，他还是没有回来。一天又一天，一年又一年……小海燕开始上学念书了。可是她每天见到的，仍然只是相片上的爸爸。

"妈妈，爸爸永远失踪、永远不再回来了吗？"妈妈叹口气说："也许，你爸爸……已经变成了蓝鲸，游进深海里去了……"小海燕大哭着摇着妈妈。妈妈紧紧搂着女儿，在心里默默呼唤着："旭华，你现在在哪里啊？"

在这以后的很多年里，黄旭华真的彻底"失踪"了。美术课上，小海燕最喜欢画的图画就是爸爸变成了一头蓝鲸，和别的鱼群一起在深海里游来游去……

1961年冬天，黄旭华的父亲去世了。老父亲一生最牵挂的人就是儿子旭华。可是直到临终时，他也没有盼到儿子回来。

年老的母亲也天天想念自己的儿子，可是，儿子还是没有回来……

直到有一天，已经长大的海燕——现在她的名字叫燕妮——和妈妈、奶奶、叔叔、婶婶们从报纸上看到了一个喜讯：1988年4月29日，新中国自行设计研制的第一代核潜艇将在美丽的南海下水，展开深潜试验。不久，一家人又从一篇报告文学中，看到了一位姓黄的设计师的"蛛丝马迹"。全家人这时候才明白，黄旭华为什么"失踪"了30年！原来，他是和许多科学家、设计专家、工程师们一起去了一个秘密的地方，为我们的国家设计和研制核潜艇这项大国重器！

制造真正的核潜艇，可不像黄旭华小时候用木板和旧渔网"制造"小船那么容易！当时，中国科学家拥有的核潜艇资料实在是太少了。他有时候只好把外国人制作的两个核潜艇玩具模型拆了装，装了拆，反复琢磨，验证自己的设计是不是合理。

他先是设计出了一艘只有25米长，但可以在海水中航行的潜艇模型。后来，他又设计和制造了一艘与真的潜艇一样大小的木制潜艇模型，在海上进行了各种试验。

光是核潜艇的外型，他就设计了无数个方案。一叠叠图纸像山岩一样堆积在他身边。是梭鱼型好，还是鲸鱼型好呢？哦，不！也许是水滴型更好吧？他想，最好的潜艇一定要跑得快，声音小，还不会轻易地被敌方发现。

经过无数次试验，中国的第一艘核潜艇采用了世界上最先进的水滴型艇身。这是一项神圣的、绝密的国家使命。所有参与的人都隐姓埋名，从家人身边"失踪"了。他们有一个共同的代号——"09工程"。黄旭华，就是"09工程"的总设计师。

这时候，在女儿燕妮的想象里，那艘巨大的核潜艇应该像一头蓝色巨鲸一样！

燕妮年老的奶奶，却无法想象自己儿子现在变成什么样子了，只听见奶奶在喃喃自语："唉，30年了……旭华的选择是对的！有国才有家啊，国家强大了，才有我们家家户户的幸福平安！你们一定要理解他……"

很多人都知道，1963年，美国核潜艇"长尾鲨"号在深潜试验时不幸失事，160多人葬身海底。为了打消人们的顾虑，首次深潜试验，黄旭华作出了一个惊人的决定：他要和自己设计的潜艇一起潜入海底，去完成极限试验。

于是，他和潜艇一起，和勇敢的战友们一起，缓缓潜进了深蓝色的大海里，下潜，下潜，再下潜……

这一天，燕妮把报纸上登载的爸爸的故事，念给奶奶和妈妈听：

……他是中国核潜艇工程的总设计师，我国第一艘攻击型核潜艇，第一艘弹道导弹核潜艇，都是从他的手上诞生的！他也是世界上第一位跟随自己研制的核潜艇去完成极限深潜试验的科学家……

"真是太伟大了！爸爸，我们为你骄傲！"女儿望着远方的天空，在心里说道。

这时候，她想象着，爸爸好像真的变成了一位骄傲的老船长，正骑着一头巨大的蓝鲸，畅游在海水下面的童话世界里。所有的鱼群、珊瑚、海星和漂荡的海草，都在为他跳舞。

现在，满头华发的"老船长"虽然离开了他一生所热爱的大海，走上了陆地，但他对大海依然一往情深。只要有机会，他仍然喜欢早晨或黄昏时分独自坐在岩石上，让海风吹着他的白发，听海浪拍打着礁石的声音和船只驶向远方或缓缓归航时发出的汽笛声。老船长遥望着壮阔的大海,就像在遥望着心上的故乡。

深藏功名的"打猎人"

———— * ————

"一个人的名字,早晚是要没有的,能把微薄的力量融进祖国的强盛之中,便足以自慰了。"

于敏是我国著名核物理学家,也是共和国"两弹一星"功勋奖章获得者之一。人们尊称他为"中国氢弹之父",但他拒绝这样的称呼。他说,中国氢弹的横空出世,不是一个人的功劳,而是成千上万人的事业。 在很长的岁月里,这位英雄的科学家像当年所有参与中国第一颗原子弹、第一颗氢弹研制的科学家和科技人员一样,一直是在"干惊天动地事,做隐姓埋名人"。

于敏为新中国的核事业耗尽了毕生心血。一说到"于敏"这个名字,人们也许会想到他在中国第一颗氢弹研制中做出的非凡贡献,想到他与另一位著名核物理科学家、氢弹研制项目领导者之一——邓稼先之间发送的那个有名的关于松鼠的"暗号"。

原来,1965 年 9 月,于敏受命带领一支攻关小分队驻守在上海华东计算机研究所，夜以继日地计算和核实一批模型数据。当时，全国只有华东计算机研究所里有一套大型的计算设备。

于敏这个小分队的攻关项目，模型重量大、威力比低、聚变比低。经过了数次计算之后，总是不符合要求。问题究竟出在哪里呢？于敏几乎一夜之间熬白了头。

当时也是这个小分队的成员，现在是中国工程院院士的杜祥琬，曾回忆于敏领导他们这个小分队所进行的极其艰苦的"百日会战"。她说，当时计算机性能不稳定，机时又很宝贵，不到40岁的于敏在计算机房值大夜班（连续12小时），一摞摞黑色的纸带出来后，他趴在地上看，仔细分析结果。有一天，于敏敏锐地发现，某个量从某个点开始突然不正常了。大家马上去查原因。年轻的杜祥琬去查方程、参数，没有发现错误；负责计算数学、编程序的人去查原因，也没发现错误。

但是于敏坚信自己的判断，认为必须找出这个出现了极不正常的数据的原因，否则可能留下致命的隐患。最后从众多的晶体管里发现，原来是一个加法器的原件坏了，换掉这个晶体管，物理量马上就正常了。

"这件事给我留下了非常深刻的印象。于敏先生高人一筹的地方就是对物理规律理解得非常透彻。他总是那个能'踢出临门一脚'的人,"杜祥琬回忆说,"尽管老于不愿称呼自己为'氢弹之父',但在氢弹研制过程中,他的确起到了关键作用。"

正是凭着自己过硬的才识和精准的判断,于敏准确地确定了热核材料自持燃烧的一个关键数据,解决了氢弹原理方案中的一个"拦路虎"。一个极其关键的数据出来了,这对整个氢弹研制项目组的成员来说,无疑是一个石破天惊般的喜讯。

10月下旬的一天,于敏满怀信心地从上海给在北京的邓稼先打了一个"奇怪"的电话。

为什么说"奇怪"呢?因为两个人在电话里的对话是这样的:

"我们几个人去打了一次猎,打上了一只松鼠。"

邓稼先在电话那端一听,喜出望外,连忙问道:"你们美美地吃了一顿野味?"

"不,现在还不能把它煮熟,要留做标本。我们有新奇的发现,它身体结构特别,需要做进一步解剖研究,可是我们人手不够。"

"好,我立即赶到你那里去。"

原来，出于高度保密的原因，于敏和邓稼先使用的都是只有他们两人才能听懂的"暗语"。这只"松鼠"，指的就是氢弹理论上的突破。

在当时所有参与核武器研制的权威科学家当中，于敏是少有的一位没有到国外留过学的人。他是一位真正的从祖国大地上成长起来的理论物理学家。于敏因此还获得了一个带有雅谑意味的称呼——"国产土专家一号"。

那是在1957年，一个日本原子核物理和场论方面的科学家代表团来中国访问时，年轻的于敏参与了接待工作。于敏的科学才识给这个日本代表团留下了深刻的印象。代表团的那位团长后来获得了诺贝尔物理学奖，他回国后，在一篇公开发表的文章里称于敏是中国的"国产土专家一号"。从此，"国产土专家"就成了同事和战友们对于敏的代称。

于敏虽然从没留过学，但这并不影响他成为世界一流的理论物理学家。他甚至是在自己从事的原子核理论研究的巅峰时期，听从祖国的召唤，进入一个新的阵地，开始从事氢弹理论的探索研究工作。从此，他奉献了自己一生的智慧和心血，努力铸造共和国坚固的"核盾"事业。

1926年8月16日，于敏生在河北省宁河县（今天津市宁河区）芦台镇。于敏在芦台镇念完了小学，接着又在天津的木斋中学和耀华中学念完了中学。

于敏的父亲是天津市一位普通的小职员，母亲出生于普通百姓家庭。正直和清白的家风一直影响着少年于敏的成长。于敏有一个姐姐，她在北京师范大学读书时就加入了中国共产党。全民族抗战时期，像很多中国少年一样，于敏也饱尝了亡国奴的屈辱和悲愤的滋味。他从少年时代开始，渐渐懂得了什么叫"国破山河在"，体会到了"少年强则国强"和"少年智则国智"的爱国感情。

1944年，于敏考上了北京大学工学院。入学后，于敏发现，在工学院里所学的知识并非他心目中的科学奥秘，这让他很快就对那些工学、工程学知识失去了兴趣。两年后，他从工学院转到了理学院，把自己的专业方向选定为理论物理。

新中国诞生那年，于敏本科毕业，接着又考取了研究生。1950年，中国科学院组建了设于北京的近代物理研究所。1951年，所长由钱三强担任，年轻的于敏被钱三强选中，进入近代物理研究所工作。这时候的于敏朝气蓬勃，正在朝着原子核理论物理研究领域大步迈进。

1961年1月的一天，钱三强把于敏叫到自己的办公室，非常严肃地和他进行了一次长谈。钱三强这一代学贯中西的

科学大师，不愧为科学报国的共和国赤子，他们以战略科学家的目光，高瞻远瞩，早已悄然开始谋划新中国核科学事业的秘密蓝图了。

于敏再次被钱三强看中，希望他"改弦易辙"，从原子核理论物理研究转入氢弹理论的预先研究工作。

毫无疑问，这样的转变，对于敏此前在原子核理论物理研究方面已经耗费的心血来说，是一个巨大的"损失"，这意味着他将中途退出已攀登到的高度，重新开始。同时，钱三强也直言不讳地告诉于敏，新中国的核武器研究是一项绝密的使命，不仅重任在肩，更重要的是，从此还需要隐姓埋名、与世隔绝，即使对家人也要严格保密自己的身份。

于敏深知这个共和国使命的光荣、神圣与重大意义，他二话没说，义无反顾地接受了国家的安排。

1961年，于敏作为"轻核理论组"的副组长，开始领导和参与氢弹理论的预先研究工作。从这一年开始，一直到1988年，于敏的名字和身份都是严格保密的。也就是说，他隐姓埋名长达28年。

现在的人们几乎无法想象，20世纪60年代在中国从事氢弹技术研究的条件有多么简陋。学术资料欠缺且不说，仅仅是需要投入大量运算和验证，有时竟不得不依靠算盘和计算尺来完成。

当时，一台每秒万次的计算机，仅有5%的时间可以留给氢弹设计；另外95%的时间需要留给原子弹设计所必需的计算。所以也就有了前面讲到的于敏的攻关小组不得不驻守在上海华东计算机研究所里的那一幕。

如果说，中国科学家们在研制原子弹时，尚有朱光亚、邓稼先等根据国外文献资料中的"蛛丝马迹"整理出来的少许资料可供参考，那么，氢弹的研制就得全靠中国科学家自己的智慧和灵感苦苦地摸索了。这是因为，威力更大的氢弹是国际上真正意义上的战略核武器。在中国开始涉足氢弹研制的时候，所有涉及氢弹研究的资料都被那些"核垄断"大国列为最高机密，对中国严格封锁。

1965年2月，氢弹方面的有关专家和研究员召开了一次会议，确定了中国氢弹研制的两个步骤：第一步是突破氢弹研制原理；第二步是完成重量约为1吨、威力为100万吨TNT（一种烈性炸药）当量的热核弹头的理论设计，力争在1968年前实现首次氢弹试验任务。

中共中央很快就批准了这个氢弹研制计划，毛主席和周总理明确作出了指示：第一颗氢弹要在1967年爆响！

于敏和他的战友们都知道，此时，法国也正在加紧氢弹的研制进度。

根据后来解密的资料来看，常规的原子弹，法国从1960年起就逐渐拥有了。现在他们最渴望拥有的是氢弹！因为美国、苏联、英国都在20世纪50年代爆炸了各自的第一颗氢弹。当然，他们也获知了中国在研制氢弹的情报。

所以，于敏和同事们、战友们有了一个共同的心愿：一定要赶在法国人之前，爆炸我们的第一颗氢弹！

就在这样艰苦和简陋的条件下，在前有强敌、后有追兵的较量中，于敏这一代中国科学家和英雄儿女们，竟然创造出了令全世界难以置信的奇迹：中国仅用了2年多的时间，就完成了从原子弹到氢弹的全部设计和研制！

1966年12月28日，在进行首次氢弹原理试验时，为了确保能拿到测试结果，试验前于敏冒着青海高原戈壁滩上将近零下40摄氏度的严寒，在半夜时分爬上102米高的铁塔顶端，仔细检查和校正测试项目屏蔽体的放置。

当时，于敏的高原反应非常强烈。有时刚刚吃下几口米饭，从宿舍到办公室走了才一百多米的距离，他就呕吐和气喘得不行了。但他仍然咬紧牙关，坚持到技术问题解决后才离开基地。

1967年6月5日，经过日日夜夜的奋战，第一颗氢弹装置加工完毕。三天后，氢弹装置就运送到了罗布泊荒原的试验场上。

当时，罗布泊试验基地里，气氛紧张得似乎能听见大风吹过红柳丛和芨芨草的每一阵呼啸声。来自不同单位的技术和后勤人员陆续进入试验场中的指定位置。在靶区的不同方位和不同距离处，由10个效应大队分头布置了140多项效应试验项目，设置的效应物有飞机、舰船、装甲车、高射炮、铁塔、动物等，将近2 000种。

6月12日，周恩来总理在中央专委会上宣布：中央军委副主席聂荣臻将亲赴罗布泊试验现场，指挥这次氢弹试验。

6月17日，仿佛是天公有意作美，罗布泊荒原上出现了一个少有的晴朗的好天气。聂荣臻在距离爆心55公里的白云岗指挥部，指挥这次试验。

上午8时，一架轰炸机远远地进入人们的视野。轰炸机在靶区上空盘旋了一圈后，竟然又飞出了人们的视线。

怎么回事？每个人的心都提到了嗓子眼儿。难道是出什么状况了？

约20分钟之后，轰炸机再次飞进人们的视线，绕场一周

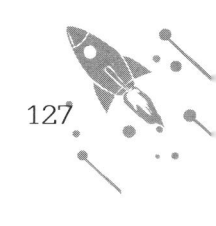

之后，突然抛出了一颗弹体。只见白色的降落伞拽着弹体，在晴朗的天空中缓缓下降着，下降着……

不一会儿，伴随着一道强光闪过，氢弹爆响了！

刹那间，在场的所有人都目睹到天空中竟然同时出现了两颗太阳！当然，大家都知道，那颗像太阳一样的火球，就是我们成功爆响的第一颗全当量试验氢弹！

这颗氢弹拥有330万吨TNT当量，在距离地面约3 000米的高空完美地爆响！巨大的"蘑菇云"缓缓翻卷着，升上了蓝天……

此时，在乌鲁木齐，在库尔勒，甚至在吐鲁番正在行驶的列车上，人们都吃惊地看到了奇怪的闪光、火球和巨大的"蘑菇云"。

"快看啊！天上出现了两颗太阳……"有的甚至这样惊呼道。

后来人们才弄明白，这次空爆试验过程中发生了一个有意思的小插曲：那架携带着氢弹的轰炸机，原本在飞至靶心第二圈时就应该投下去的，可是，由于当时负责投弹的领航员过于紧张，投弹时忘记了按自动投掷器，导致这个来之不易的历史瞬间和参与试验的科学家们开了个小小的玩笑。最后，飞机绕着预定的靶心一连飞行了三圈之后，才把那枚氢

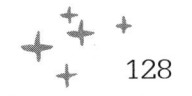

弹稳稳地投了下去……

事后，于敏和他的同事们回忆说，这短短的三圈把所有人的心都提到了嗓子眼儿，让每个人的心理承受力都达到了极限！

就在中国第一颗氢弹成功爆响的当天深夜，经过毛泽东主席审批的《新闻公报》，再次向全世界表明了中国政府对于核试验的态度：

今天，1967年6月17日，中国的第一颗氢弹在中国的西部地区上空爆炸成功了！……中国进行必要而有限制的核试验，发展核武器，完全是为了防御，其最终目的就是为了消灭核武器。中国政府再一次郑重宣布：在任何时候、任何情况下，中国都不会首先使用核武器。

第二天，法国人看到消息，不由得惊叹说："中国人民爆炸热核炸弹所取得的惊人成就，再次使全世界专家感到吃惊，惊奇的是中国人取得这个成就的惊人速度。"1968年8月，法国第一颗氢弹爆炸成功。只是，与中国相比，法国晚了一年多的时间。

毛泽东主席后来颇为幽默地对大家说："我们搞原子

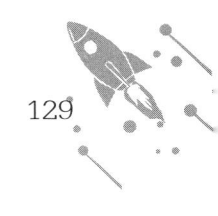

弹、导弹有很大成绩,这是赫鲁晓夫'帮忙'的结果,他撤走专家,逼我们走自己的路,我们应该给他发一个一吨重的勋章。"

在回顾中国核试验走过的历程时,包括于敏在内的所有参与其中的科学家,都不约而同地感慨:这是中国科学家和科技人员整体的事业,一切的荣誉都归于这个伟大的集体。中国核武器事业从无到有,凝聚着中华民族自强不息的民族精神,倾注着许多科学家、工程技术人员和部队官兵的智慧、心血和力量。很多人甚至壮烈牺牲,付出了宝贵的生命。

从20世纪60年代初开始,于敏一直参与和主持中国的核武器理论研究、设计工作,为新中国核事业的发展作出了杰出的贡献。进入80年代之后,在二代核武器研制中,如何突破关键技术,使我国核武器技术发展迈上一个新台阶,于敏也贡献出了自己全部的智慧和心血。钱三强曾评价说:"于敏填补了我国原子核理论的空白。"

2019年1月16日,于敏就像逐日的夸父,倒在了生命的旸谷,享年93岁。2019年9月17日,于敏获得"共和国勋章"。共和国蔚蓝色的、和平的天空上,将永远大写着他和他们那一代科学英雄、国家功臣的闪亮的名字。但于敏生前这样说道:"一个人的名字,早晚是要没有的,能把微薄的力量融进祖国的强盛之中,便足以自慰了。"

寸草春晖

*

这是他真挚、温厚的故国情怀,也是他寸草春晖的赤子之心。

1957年,华人科学家李政道、杨振宁联袂获得了举世瞩目的诺贝尔物理学奖。这是华人科学家首次获得该奖,也是中国人为世界科学的进步与发展献上的一份礼物。

李政道于1926年11月25日出生在上海,他的家乡是江苏苏州。他在物理学上起步的时候,中华民族正处在"国破山河在"的抗战时期。李政道中学时曾先后就读于东吴大学(今苏州大学)附中、江西联合中学等学校。当时,因为抗日战争,内地很多学校都无法继续开课,有的学校只好迁徙到大西南地区的一些山村里。因为中学里的课程断断续续,所以李政道的中学学业并没有全部完成。

好在李政道非常聪明好学,理科底子打得扎实。1943年,他考入了因为躲避战乱而迁至贵州的浙江大学物理系,师从物理学名师束星北、王淦昌等教授,从此走上了物理学之路。

可是，入学还不到一年，日军入侵了贵州，临时迁到贵州的浙江大学被迫停办了。

第二年，李政道经由一位亲戚介绍和举荐，作为一名"插班生"转学到了当时昆明的西南联合大学，投师在著名教授、物理学家吴大猷门下。当时，吴大猷对这个转学来的少年颇为欣赏，就给他出了几道题想验证一下。结果，吴大猷一下子就看出了他是一个物理奇才！

吴大猷后来回忆说："那时，恰值学年中间，不经考试不能转学。我便和教二年级物理、数学的几位老师商量，让他随班听讲考试，他若及格，则等到暑假正式转入二年级时可免读以前课程。其实，这不过是我个人认为的一个合理的办法，而没有经过学校正式的承认和许可。"

从这个细节也可看出，吴大猷和当时的老师们慧眼识才的眼光与爱惜人才的胸怀。

当时李政道那一级同学里，许多人后来都成为了赫赫有名的物理学家，如邓稼先、朱光亚、杨振宁等。他们也是吴大猷颇为赏识的几位得意高足。

共同的物理学志趣，把李政道、邓稼先、朱光亚、杨振宁这四位未来的物理学大师紧紧地联系在了一起，他们在极其艰苦的条件下互相砥砺，共同推动了20世纪40年代中国

物理科学研究的车轮与帆篷,在中国现代科学史上写下了一段青春佳话。

后来,当时的国民政府要从他们这批毕业生中挑选几位,送去美国学习制造原子弹。吴大猷在物理领域毫不犹豫地推选了李政道和朱光亚两人。在他看来,当时在西南联合大学的研究生和助教之中,没有比李政道、朱光亚更具天赋、学习上更加勤奋的了。

当时,在数学领域,华罗庚教授推选出孙本旺,后来又推选了徐贤修;在化学领域,曾昭抡教授推选了王瑞酰、唐敖庆。

为了让这几位青年科学俊杰在去美国前对原子物理和原子核物理有更多的了解,吴大猷还专门为他们开设了量子力学课,给每个人"开小灶",加速讲授近代物理。

1957年,李政道与杨振宁一起,因为发现了"弱相互作用中宇称不守恒定律"而获得了诺贝尔物理学奖。

李政道与杨振宁,本来是一对合作亲密的好伙伴、好搭档,两个人一共合作发表了32篇论文,大家都很羡慕这对合作伙伴。可遗憾的是,这种亲密的合作没有永远继续下去,两个人在20世纪60年代分道扬镳了。他们的故事,也成了科学界一件非常有名的、令人惋惜的憾事。

李政道在 1986 年撰写的《破缺的宇称》一文里，对于他们曾经有过的合作关系，做了一番生动的比喻性的描述：

一个阴暗有雾的日子，有两个小孩在沙滩上玩耍。其中一个说："喂，你看到那闪烁的光了吗？"另一个回答说："看到了，让我们走近一点看。"两个孩子十分好奇，他们肩并肩向着光跑去。有的时候一个在前面，有的时候另一个在前面。像竞赛一样，他们竭尽全力，跑得越来越快。他们的努力和速度使他们两个非常激动，忘掉了一切。

第一个到达门口的孩子说："找到了！"他把门打开。另一个冲了进去。他被里面的美丽弄得眼花缭乱，大声地说："多么奇妙，多么灿烂！"

结果，他们发现了黄色帝国的宝库。他们的这项功绩使他们获得了重奖，深受人们的羡慕。他们名扬四海。多少年过去，他们老了，变得爱好争吵。记忆模糊，生活单调。其中一个决定要用金子镌刻自己的墓志铭："这里长眠着的是那个首先发现宝藏的人。"另一个随后说道："可是，是我打开的门。"

李政道说过，他们的合作虽然结束了，但是他们合作成

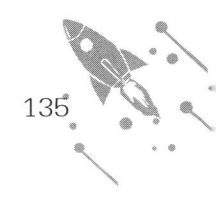

果的价值，不需要更多说明，就像他们已发表的那些科学论文所表现出的价值那样，是能够经得起时间的考验的。

杨振宁也说过，像他们这样深厚的一个关系的破裂，就像一桩本来很幸福的婚姻的破裂一样，给他带来的是同一等级的痛苦。杨振宁认为，李政道是自己最成功的合作者，与李政道的决裂也是他今生最大的遗憾。

看来，再伟大的科学家也有性格的弱点，在生活中也存在着像常人一样难解的谜。这样的谜，一定也像科学中的谜一样复杂难解。

李政道成为世界名人之后，一直关心着中国物理学的发展，也在为中华民族的强大与复兴贡献着自己的力量。

1974年5月，李政道回中国访问时，就向毛泽东主席建议，在中国科学技术大学里开设少年班，他的建议得到了采纳。1979年，他还专门到中国科学技术大学看望少年班的同学们，告诉那些未来的科学家们要发奋努力，并为他们题词："青出于蓝，后继有人。"

后来，李政道又提出设立国家自然科学基金，建立博士后制度，建造北京正负电子对撞机，以及成立中国高等科学技术中心和北京近代物理中心等建议。他的这些建议都被一一采纳，变成了现实。1985年7月16日，邓小平同志在会见李政道时真诚地说道:"谢谢你,考虑了这么多重要的问题,提了这么多好的意见。"

  1998年1月23日,李政道又把自己毕生积蓄的30万美元,以他和他的已故夫人的名义设立了"中国大学生科研辅助基金",资助国内的大学生从事科研辅助工作。这是他真挚、温厚的故国情怀,也是他寸草春晖的赤子之心。

必须找到那滴雨

*

最浪费不起的是时间。

1974年11月12日,美籍华裔物理学家丁肇中和他的一个物理学研究团队,在实验室里专心致志地工作两年多之后,自信地向全世界宣布,他们发现了一种前所未有的基本粒子——J粒子。与之前的科学家们所发现的粒子不同的是,这种奇怪的粒子有两个独特的性质:质量重,寿命长。因而可以断定,这种粒子一定来自"第四夸克"。

丁肇中小组的这个发现改写了过去科学界认为世界只有三种夸克组成的理论,为人类重新认识微观世界开辟了一个新的境界。这个发现,被科学界称为"物理学的十一月革命"。

1976年,丁肇中获得了诺贝尔物理学奖。获奖后,丁肇中深有感触地说:"在我做寻找新粒子的实验尚未成功之时,人们说我是傻子,因为成功的可能性极小。但当我找到新粒子的时候,人们又说我是天才——其实,傻子与天才之间只有一步之遥。要永远对自己充满信心,做自己认为是正确的事;同时,要对意料之外的现象有充分的准备。总之,要实现你的目标,最重要的是要有好奇心,不断地追求,再加勤奋地工作。"

丁肇中还认为,科学很大一个作用是满足人的好奇心,这是人和动物的最大区别。他还告诫那些正在科学探索的道路上跃跃欲试、期盼着能够攀上高峰的青少年:"能考第一名当然好了,但考试是考以前的经验和知识,而科学恰恰是质疑前人的知识,通过实验创造新的知识。"丁肇中在总结自己的工作经验和体会时,还告诉青少年们"最浪费不起的是时间"。

丁肇中于1936年出生在美国密歇根州安娜堡。他的祖籍是山东日照。出生不到三个月的丁肇中,躺在母亲的怀抱里回到了中国,与先期回国的父亲团聚。

当时,日本侵略者已经入侵中国,一家人为了躲避战火,四处流离,居无定所。所以,丁肇中没能受到正规的小学教育,他在颠沛流离和兵荒马乱中度过了自己的童年时代。

"不放过任何一个遇到的难题"是丁肇中青少年时养成的一个良好的学习习惯。

丁肇中的父母都是知识分子。他从小受到父母的影响,

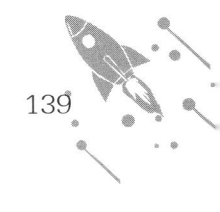

读书专心致志，一旦遇到疑难问题，就会找遍书本，一定要得到正确答案才肯罢休。

有一次，物理老师出了一道思考题，很多同学思考了一会儿，觉得很难就放弃了，只等着老师讲解。丁肇中却没有放弃，下决心一定要啃下这块硬骨头。别的同学都到操场上打篮球去了，他还对着那道题冥思苦想。最后，他终于想到了解题的方法。来不及跟老师对照答案，他就自己跑到图书馆里查找资料，验证了自己的方法正确无误后才满意而归。

中学毕业时，一个同学在他的毕业纪念册里留下了这样的赠言："你的理科在班上难逢敌手，我希望你集中全力向理科进攻，发明几个'丁氏定律'！"

无论中学时代还是大学时代，他都非常珍惜时间，课堂之外的大部分时间，他都是在图书馆和小实验室里度过的。有的同学热衷看电影、打球甚至打牌，他都很少参与。也许，他那时候就已经懂得了最浪费不起的是时间。

1956年9月，丁肇中告别父母奔赴美国，在密歇根大学开始了一个物理学家的艰苦历程。在密歇根大学里，丁肇中留给同学和老师的一个深刻印象就是：他从不抱着教科书"死啃"，而是能打破书本的局限去理解物理现象。他这样说道：

"作为一个科学家,最重要的是不断探寻教科书之外的事。"

他本来想成为一位理论物理学家,但有两件事促使他改变了自己的志向。一件事是在研究所里,他虚心向学识渊博的教授请教,他们都非常喜欢这个勤学好问又善于独立思考的学生。其中一位教授告诉他:做一个实验物理学家比理论物理学家更有用。另一件事是在他进入研究所的第一个夏天,有两位物理学教授正在进行一项暑期实验工作,缺少一名助手。丁肇中应邀参加了这项暑期实验。从此,他走上了实验物理学的道路。

1972年,他受命领导一个团队,在纽约的布鲁克国家实验室里进行了一系列实验,终于在1974年发现了那个让全世界瞩目的J粒子。

对于科学实验及所有科学探索的艰巨性和复杂性,丁肇中做过这样的比喻:"在雨季,一个像波士顿这样的城市,一分钟之内也许要降落下千千万万粒雨滴,如果其中的一滴有着不同的颜色,我们就必须找到那滴雨。"

1980年,丁肇中在一篇自传性文章《在探索中——一个物理学家的体验》里,一开头就引用了新中国开国元勋叶剑英元帅的诗《攻关》:"攻城不怕坚,攻书莫畏难。科学有险阻,苦战能过关。"

他觉得，这首诗写出了他对科学探索和科学实践所需要的百折不挠、勇往直前的精神的真切理解和感受。

丁肇中是一位华裔科学家，他身上流淌着中国人的血脉和感情，他心里一直有着深深的家国情怀。

1977年秋天，丁肇中回到中国访问，邓小平同志会见了他并建议选送中国物理学家参与他领导的实验小组工作。1978年1月，丁肇中在德国汉堡电子同步加速器研究中心迎接了第一个中国物理学家小组。在后来的十几年间，陆续又有上百名从事物理学研究的中国科学家和青年学者来到他身边，跟随他学习和研究。

丁肇中后来感慨地说，这几年，中国科研人员的素质有了很大改善。科学，尤其是自然科学的重要发现都靠年轻人。像牛顿、法拉第、李政道、杨振宁，他们的重要发现都是在年轻的时候。因此，他对中国科学院年轻的科技人员抱有很大的希望。

"洋装虽然穿在身，我心依然是中国心。"2002年6月，丁肇中回到了故乡——山东日照的土地上。在金色的沙滩上，他抓起一把沙子，用手指来回揉搓着说："这里的沙子，比夏威夷的还要好……"

参拜了祖居，祭祀了祖墓之后，他站在祖父坟前，脸上挂着泪痕。他说:"真应该把儿子带回来,让他看看家乡,让他知道,他的根在这里啊!"

发现小草的秘密

———— * ————

青蒿萋萋,馨香缕缕。

好像是一只一只从天外飞来的白蝴蝶,好像是一朵一朵从远方飘来的蒲公英花球,轻柔的雪花,在黄昏的时候静静地落啊,落啊……落在长江两岸的大地上,落在美丽的江南小镇上,落在高高矮矮的屋顶、楼台和墙头上……

这时候,在宁波城里,在淡蓝色的炊烟里,在甬江岸边那些窄窄的小巷里,家家都会炒着香喷喷的冬米糖。温暖又香甜的冬米糖啊,一夜间就会甜透整个冬天里孩子们的梦。

1930年12月30日,又一个新年到来的前夕,在宁波市开明街508号的屠家,一个女婴啼哭着来到了这个世界。

女婴啼哭的声音很小,听上去是"呦呦"的,就像刚出生不久的小鹿在呼唤妈妈时发出的声音。

屠家的主人,也就是这个女婴的爸爸,名叫屠濂规,是个读书人。他已经有了三个儿子,一直盼望着能再添一个女儿。现在喜得千金,他欢喜得手舞足蹈,禁不住随口吟出了自己熟悉的古诗:"呦呦鹿鸣,食野之蒿……"

这是中国最早的诗集《诗经·小雅》中《鹿鸣》里的句子。屠先生从中挑选出了"呦呦"这个叠音词,做了女儿的名字。名字很美,不仅含有"呦呦鹿鸣,食野之蒿"的文学典故,还寄寓着父母希望女儿长大后能像田野上的青艾和其他绿色的小草一样,"谁言寸草心,报得三春晖"。

屠呦呦的家所在的开明街,位于宁波老城区中心莲桥街一带。宁波城里最热闹的手工作坊和许多民间手艺人都集中在这一带,有造纸的、榨油的、酿酒的、做竹伞的、打铁的、补锅的、卖草药的;还有做姜糖的、打豆腐的、打年糕的和卖各种小吃的;逢年过节的时候,还有一些演皮影戏和木偶戏的、踩高跷的、玩杂耍的、做糖人儿的……可热闹啦!

老城区的各种吴侬软语的叫卖声,伴随着屠呦呦一天天长大。

屠呦呦上小学的时候,每天放学回家的路上都要走过一条长长的石板小巷。快走到拐角的地方,她总会遇见一位从城外回来的老爷爷。老爷爷的背篓里,装满了刚采回来的新鲜草药。

这天,老爷爷的背篓里还放着一束小树枝,小树枝上结

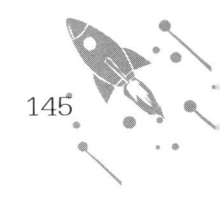

满了红红的野果。"小野果一定很甜很甜吧？"屠呦呦一边想，一边跟着老爷爷往前走。老爷爷走得慢慢的，屠呦呦也走得慢慢的。

走到了一个小店铺门口，老爷爷停了下来，放下了背篓，把草药一样一样摆在门口的晒箩里。

"咦，你这个小姑娘，天快黑了，怎么不回家啊？"

"爷爷，这些小红果，一定很甜很甜吧？"

"哦，你是说野山楂啊？来，你尝尝甜不甜呀？"

老爷爷挑出野果最多的两根小树枝，递给了屠呦呦。

"甜不甜呀，小姑娘？"

"甜，好甜，还有一点儿酸。谢谢爷爷！"

"这些野山楂啊，也是爷爷采回的药材哦。"

老爷爷一边说着，一边轻轻摆开那些绿色的草药。

"爷爷，你为什么要把小草晾干呀？"

"哦，这可不是普通的小草，它们都是宝贵的草药。"

老爷爷是城里的老中医，这个小店铺就是他的中药铺。老爷爷指着一面墙壁说，"你看哦，每个小抽屉里都装着晒干的草药，这叫车前子，这叫蒲公英，这是远志，这是柴胡……"

老爷爷咬一咬、尝一尝晒箩里草药的味道，一棵又一棵地说着草药的名字。

"爷爷,草药能救病人吗?"

"当然能啦!"老爷爷拿起一株草药仔细观察,好像在看有没有碰掉草药的绒毛。

"爷爷,草药都长在哪里呀?"

"大山上,田野里,还有树林里,越是宝贵的药材越不容易找到呢!所以,爷爷要经常背着背篓出去找啊,采啊……"

老爷爷的话,屠呦呦听得都忘了回家吃饭。

弯弯的月亮升起来的时候,妈妈沿着小巷找到了这里。

"你好啊,又采回不少新鲜草药呀!"

"是呀!哦,原来这是你家的小姑娘!你看,都忘了回家吃饭啦!"

"妈妈你看——爷爷给我的野果!"屠呦呦举着舍不得吃完的一枝红山楂,牵着妈妈的手走过长长的石板路小巷。弯弯的月亮挂在树梢上,像系在树梢上的飘摇的小船。

每天晚上睡觉前是妈妈给屠呦呦讲故事的时间。今天,妈妈给她讲的就是采药爷爷的故事:

有一位失明的奶奶,吃了老爷爷的草药后,慢慢地又能

看见了。

有一个被毒蛇咬伤的小哥哥，本来要锯掉一条腿的，可是，因为敷了老爷爷捣的草药，小哥哥的腿保住了。

还有一位得了伤寒病的农民伯伯，也是喝了老爷爷给他熬的中药，又能下田干活儿了……

"好神奇的小草呀！"屠呦呦依偎着妈妈说，"妈妈，我长大了也要像老爷爷一样，去山上和树林里采药，好不好？"

"好啊，好啊，小呦呦也要当采药人喽！"

世界在等待着屠呦呦早日长大。每天放学回家时，屠呦呦还会站在小巷拐角的地方，等着遇见采药回来的老爷爷。有时候，她还会跑去看看老爷爷的中药铺，她发现门前的晒箩里总是晾晒着草药。

屠呦呦真的迷上神奇的小草了！她常常趴在绿色的星星草边，仔细地听蚯蚓在泥土下面唱歌。跟着爸爸妈妈去田野里玩耍，她采到了嫩嫩的茅针草。

"妈妈，给你，茅针草吃起来甜甜的哟！"

"咦，呦呦，谁告诉你茅针草是甜甜的啊？"

"我自己尝出来的呀！这是金樱子，给爸爸的。"

"什么？你还知道金樱子？"

"当然啦，小心，爸爸，金樱子身上的小刺会扎人的，可是吃起来也很甜哦！"

好多年过去了，屠呦呦长大了。

她带着小时候的梦想，成了北京医学院的一名大学生。她的实验室里摆满了各种各样的小草。她经常要亲口咬一咬、尝一尝这些小草的味道，就像小时候遇见的那位采药老爷爷一样。

20世纪60年代和70年代，可怕的疟疾在中国以及世界其他国家和地区蔓延，严重危害着人类的生命和健康。

1969年，一项神圣的国家使命落在39岁的屠呦呦身上。"屠呦呦同志，现在，我们代表中医研究院——不，我们以国家的名义，交给你一项艰巨的任务，它的代号是'523'。"中医研究院院长把这个既艰巨又重大的任务交给了屠呦呦。

许多年后，人们才知道，"523"是指5月23日。这天，中国国家科学技术委员会做出一个重要决定：要从中国的草药中寻找到一种新药，抵抗和治疗危害人类健康的疟疾！

抗疟新药研究的序幕就这样拉开了。

屠呦呦被任命为"523"课题研究组的组长。最初的阶段，组长和组员都是屠呦呦一个人。这项工作需要从广泛的实地

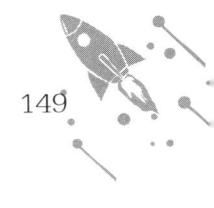

调查、细致的本草文献查阅和甄别开始。屠呦呦安顿好自己的两个孩子，便全身心地投入到"523"项目中。

夏天，正是海南岛疟疾暴发的季节，屠呦呦带着院里给她的项目组配备的组员，大胆地闯进了这个疟疾高发区，进入了中国南方的热带丛林中……

在丛林深处的村子里，他们一一走访和检查着不同年龄的病人。可怕的疟疾正在折磨着这里的所有人……

她最初着手的事情，是四处打听和搜寻中国历代的医书典籍，拜访各地的老中医，记录和整理散落在民间的一些秘方。

跑了3个多月，她收集到了2 000多个与治疗疟疾有关的药方，包括内服的、外用的，药材涉及植物、动物和矿物等。但在第一轮药物筛选和试验中，屠呦呦的目光并没有聚焦到青蒿这种小草身上。

有一天，屠呦呦在翻阅东晋药学家葛洪所著的《肘后备急方》这部典籍时，目光一下子停留在了这样一行文字上："青蒿一握，以水二升渍，绞取汁，尽服之。"

青蒿，是一种普通的、古老的菊科植物。对照着古老的医书，从筛选出来的100多种草药里，屠呦呦最终选中了青蒿这种小草。

接下来,她将和小组的同事们一起,从这种绿色的野草身上提炼一种神奇的青蒿素。她想象着,一旦提炼成功,神奇的青蒿素就会像神话传说里的仙草一样,去救治很多人的生命!

这一天,屠呦呦对着阳光,轻轻地举起一株新鲜的青蒿,一遍遍闻着它散发出来的苦涩又清新的气息……

"哎,呦呦,你说,青蒿素会是什么样子呢?"

"不知道。但我希望,它能有美丽的颜色。"

"就像居里夫人提炼出来的神奇的镭吗?"

"天哪!我们也要经历居里先生和居里夫人那么多失败吗?"

"也许,比他们经历的还要多……"

失败,失败,失败,一次又一次的失败……

在实验室里,屠呦呦和她的团队,经过了190次失败的试验,但是他们仍然没有放弃希望。

有一天,屠呦呦又来到了田野边,却不知道自己要寻找什么。"如果下一次试验还是失败的,那么,我将放弃……"她在心里难过地想道。突然,她看见一只浑身无力的小狗正在田野边啃食绿色的小草。

"请问老伯,小狗为什么会像山羊一样啃食小草呢?"

一位正在犁田的老农告诉她说:"哦,小狗生了病,它正在给自己寻找治疗的方式吧?也许,小草里含有它需要的东西……"

顿时,屠呦呦眼睛一亮,好像在黑暗中看见了新的曙光。她蹲下身,仔细地观察着小狗啃食的那些小草……

"不,不能放弃!哪怕再失败1001次!"她站起身,默默地说,"谢谢你,亲爱的小狗!祝你早日恢复健康!"

早晨,又一天的太阳升起来了,美丽的霞光,把屠呦呦的实验室映照得红彤彤的。

"啊,找到了!找到了!看哪,它不像能发出淡蓝色的光的镭,它多像青黑色的、软软的饴糖……"

1971年10月4日是一个永难忘记的日子!屠呦呦和她的团队用乙醚作为溶剂,采用低温的方式,从绿色的青蒿身上,终于提取到了一种青黑色的、软软的膏状物。这一天,整个实验室都沸腾了。

1972年7月,屠呦呦和她的两位同事在医院的严密监控下,大胆地充当了首批人体试毒的"小白鼠",用自己的身体完成了一个星期的试药观察。

"祝贺你,呦呦!试药观察证实,你们提取出来的'饴糖'对人体是安全的。你们已经找到了打开宝库的钥匙!下一步,你们要把软软的'饴糖'变成像镭那样的晶体。"

屠呦呦和伙伴们又开始了新的试验……

经过了无数次鼠疟试验和临床验证，软软的"饴糖"终于变成了晶体的青蒿素。1972年11月8日被正式确定为青蒿素的诞生日。

从此，一种古老而神奇的中国小草——青蒿，以它青翠、纤弱的茎叶和清新的气息，担负起影响世界、治愈长期伤害着人类生命健康的顽疾的使命，开始走出国门，走向世界……

这一天，在非洲肯尼亚疟疾重灾区，一位怀孕的妈妈不幸患上了疟疾。如果还是用以前的奎宁来治疗，年轻的妈妈能活下来，可是，腹中的胎儿就保不住了。这时候，来自中国的神奇的小草创造了奇迹：不仅妈妈平安了，婴儿也呱呱坠地。

年轻的妈妈一遍一遍地亲吻着宝宝，她给小天使般的女儿取名"科泰新"，好让她永远记住，是"中国神药"给了她健康的生命。"科泰新"，就是用青蒿素制成的一种抗疟药。

时间在慢慢地向前推移……

2011年，屠呦呦已经81岁了。这年9月，美国素有诺贝尔奖"风向标"美誉的国际医学大奖——拉斯克奖，授予了屠呦呦临床医学研究奖。9月24日晚上，拉斯克奖颁奖会后，

屠呦呦面对来访的记者，平静地说道："这个荣誉不仅属于我个人，也属于我们中国科学家群体。"

2015年秋天，在瑞典，又到了一年一度、举世瞩目的诺贝尔奖各个奖项授奖的时候。10月5日，瑞典卡罗琳医学院在斯德哥尔摩向全世界宣布：中国女药学家、中国中医科学院研究员屠呦呦，获得2015年诺贝尔生理学或医学奖。获奖理由是她发现了青蒿素，这种来自神奇的小草的中国药品，可以有效降低疟疾患者的死亡率。

这一天，81岁的屠呦呦站在了庄严的领奖台上，全世界都在看着她。

"感谢您，尊敬的女士，您用绿色的小草救活了很多人的生命，您用绿色的小草，改变了世界……"

"不，不是我一个人，这是所有中国人献给世界的一份礼物！"

屠呦呦微笑着，双手接过了诺贝尔生理学或医学奖证书。这时候，她好像看见自己小时候遇见过的那位采药的老爷爷，正背着背篓站在人群里，朝她点头、微笑。

青蒿萋萋，馨香缕缕。在屠呦呦背后，还站立着很多默默无闻的奉献者。这些默默无闻的科研人员手上，也带着绿色小草的清香气息。

2015年12月，在中国中医科学院成立60周年前夕，党和国家最高领导人发来了贺信。贺信里说，以屠呦呦研究员为代表的一代代中医人才，辛勤耕耘，屡建功勋，为发展中医药事业、造福人类健康作出了重要贡献。

2016年1月，经过国际天文学联合会所属的小天体命名委员会讨论通过，中国科学院国家天文台分别以屠呦呦等5位中国科学家的名字，永久命名了5颗小行星。其中，第31230号小行星被永久命名为"屠呦呦星"。不过，这么隆重的命名仪式，屠呦呦悄然避开了。

2017年1月9日上午，2016年度国家科学技术奖励大会在北京人民大会堂隆重举行。屠呦呦获得了国家最高科学技术奖。可是，颁奖之后，所有媒体都找不到屠呦呦的身影。原来，她不知什么时候已经悄然离开了被鲜花簇拥的获奖者人群。这时候，已经87岁高龄的屠呦呦正在自己的实验室举着一小管透明的试剂，仔细观察着它的反应……

原来，在攻克了青蒿素这个治疗疟疾的新药物疗法之后，屠呦呦还一直在艰辛地破解着其他难题。她在想：神奇的青蒿素，在治疗肿瘤、白血病、类风湿关节炎、多发性硬化、变态反应性疾病等方面能不能发挥自己的作用呢？如果能，那它们会有怎样的效果呢？怎样才能把自己的研究成果变成

献给人类的新的救命药物呢？

正是怀着这样的梦想，屠呦呦从未停止过探索的脚步。她带着她的团队，继续向着中医科学的新领域挺进……

2019年9月29日，在新中国成立70周年国庆大典来临前夕，屠呦呦等8人被授予"共和国勋章"。她是全国医疗卫生领域唯一的一位"共和国勋章"获得者。

"中医药科技创新的优秀代表，研究发现青蒿素，解决抗疟治疗失效难题，60多年来，致力于中医药研究实践，为人类健康事业作出巨大贡献。"简洁的颁奖词背后，是这位女科学家一路走过的春花秋月和风霜雨雪。她用一株小草治愈着人类、影响着世界，而她自己却依然朴实、静默，像拥抱着大地的一株野草。

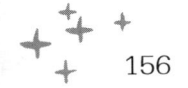

"数学怪人"

勇敢地去探索吧！哪里有数学，哪里就有美，就有真理和梦想……

陈景润小时候，家里很穷，平时总是穿着哥哥、姐姐穿过的旧衣服，还经常吃不饱饭，长得又瘦又小，像一只丑小鸭。

他的爸爸是邮政局的一个小职员，每天清早就要出门，去远方给别人送信。陈景润每天会站在胡同口，数着手指头，数了一遍又一遍，等着爸爸回家。

上小学了，他酷爱数学。没有钱买演算纸和练习本，他常常在平坦的细沙上，一遍遍地演算习题。

陈景润在福州英华中学读书时，有一天有幸聆听了从清华大学调来的一名很有学问的数学老师讲课。这天，数学老师给他们讲了一个故事：

赫赫有名的彼得大帝在俄罗斯建造彼得堡，请来了许多大科学家做设计和工程计算，有瑞士数学家欧拉，还有德国

数学家哥德巴赫。

哥德巴赫是个"数学怪人",从早到晚就喜欢盯着数字发呆。我们都知道,在整数中,能被2整除的数叫偶数;其余的那些数叫奇数。另外,像2、3、5、7、11、13……这些数,只能被1和它的本数整除,不能被别的整数整除,它们叫质数或素数。1742年的某一天,哥德巴赫发现:每个不小于6的偶数,都是等于两个素数的和。例如,6=3+3,8=5+3,24=11+13……像这样一直验算到几千万、几亿的数字,都表明这是对的。

哥德巴赫躺在星空下,咬着一棵小草想:如果是更大的数字呢?猜想起来,应该也是对的吧?

可是,数学上的结论必须得到证明才能叫做"定理"。没有经过证明的结论只能称为"猜想"。

于是,哥德巴赫给大数学家欧拉写了封信,说出了自己的猜想,然后说:"尊敬的欧拉先生,您是伟大的数学家,请您帮助我证明它吧!"

不过,直到欧拉去世,他也没有证明出来。

从此,"哥德巴赫猜想"成了一道非常有名的数学难题。它吸引了全世界无数的数学家,大家都想来攻克它。

可是,这道题真的太难了!一直过了200多年,也没有

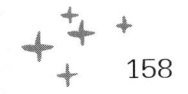

一个人能够证明它。

讲到这里,这位数学老师微笑着对陈景润和他的同学们说:"你们知道吗,昨天晚上我做了一个奇怪的梦,梦见你们中间有位同学,他竟然证明了这道难题!哈哈哈……我在梦里这么一笑,把自己笑醒了。"

"哈哈哈哈……"学生们都跟着老师大笑起来。

"老师,您记得梦里的那位同学的样子吗?"

"哦,相貌不太清晰,反正是又瘦又小,就像一只丑小鸭。"

同学们又哈哈大笑起来。只有陈景润没有笑。他的心里一阵紧张,一种跃跃欲试的感觉好像一只小虫子在悄悄地咬他。

那天,数学老师还比喻说:"数学是美丽的,就像科学宫殿里最美的皇后;数论,就像皇后头上华丽的皇冠;皇冠上镶嵌着一颗闪亮的明珠,就是'哥德巴赫猜想'。"

老师的话,让这些学生听得目瞪口呆。陈景润也惊奇得嘴巴都张成了 O 形。

冬天到了。雪花纷纷扬扬,漫天飞舞,给古老的北京城披上了素洁的银装。

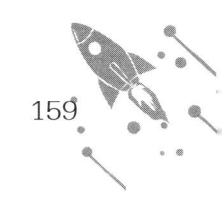

陈景润已经长大。他从厦门大学数学系毕业后，背着一个小小的包裹，来到北京一所中学教书。

北京城好大好大，可是他还是那样又瘦又小。飞舞的雪花落在他的帽子、肩膀和包裹上，好像正在给他披上一件天鹅绒的斗篷。

他站在讲台上，好想把那个哥德巴赫猜想也讲给眼前的学生们听一听。可惜的是，他的性格太内向了，他不太会讲课。

"唰唰唰……"他用粉笔把哥德巴赫猜想的算式，很快写了满满一黑板。可是，坐在下面的学生们目瞪口呆，谁也看不懂这些算式。

怎么办呢？看来，教师这个职业是非常不适合他的。幸运的是，厦门大学的校长知道什么是他最想做的事。校长爱惜他，让他又返回母校，在图书馆里研究心爱的数学。

窗外的三角梅在静静地盛开。只要一打开那些写着奇怪算式和符号的数学书，周围的一切东西、一切声音好像瞬间都消失了，他在白纸上快速写着各种算式，好像音乐家在琴键上弹奏、在乐谱纸上谱写美丽的乐曲。

有一天，他把自己谱写的一叠乐谱——哦，不，那是他的一篇数学研究论文，寄给了在北京的大数学家华罗庚先生。华先生看着论文，就像听到了世界上最优美的音乐。

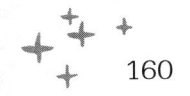

1957年冬天,漫天飞舞的雪花又一次给他披上了天鹅绒的斗篷。他第二次来到北京,成为中国科学院数学研究所里一名年轻的研究员。

宝石一样的星星,在辽阔的夜空闪耀。中国数学界灿烂的群星都聚集在这里,交相辉映着。

坐在夜晚的楼顶上,望着深邃的星空,他想,哥德巴赫猜想——那颗皇冠上的明珠,会像哪颗星星一样明亮呢?

他在自己的小屋里准备了足够多的演算稿纸。他给小小的台灯更换了一个亮一点儿的灯泡。他进入了阵地,开始向着哥德巴赫猜想挺进了……

他是那么专注,几乎忘了白天和黑夜,也忘了还要吃饭和睡觉。他伏在小小的桌子上算啊,写啊……一张张演算纸,铺满了桌子,铺满了床铺,铺满了他小小的屋子。不,它们就像漫天飞舞的雪花,铺满了天地之间,似乎要把他覆盖。

春天来了,他没有发现。护城河边的柳树换上了绿色的新装,他还穿着冬天的棉袄。

夏天来了,他继续朝着数学难题的高山攀登。他演算过的草稿纸,已经装满了好几个麻袋,堆满了他狭窄的小屋。

天气很热,好多蚊子飞进了他的小屋。他挂起一顶破旧的蚊帐,用胶布把所有的小洞都补上了。有人问他:"还有

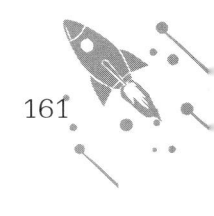

这些大洞,你怎么不补上啊?"他说:"会有这么大的蚊子吗?"

哦,他的脑海里好像什么都不存在了,只剩下了数学运算符号。他好像舍弃了一切生活享乐,把全部心思都用在了数学算式上。

秋天来了,大树正在脱落金色的叶子。有一天,他抱着一摞书,一边走路一边想着那些算式,一下子撞到了大树上。他头也不抬,连忙对大树说:"对不起,对不起……"

唉,他已经变成了一个"数学怪人"!

有好长一段时间,他一个人躲在一间废弃的小锅炉房里,用报纸把小小的窗户紧紧糊住,这样就没有任何噪声干扰他了。没有电线和电灯,他就用小小的煤油灯照明。

夜很深很深了,好像全世界都已经入睡了,只有他的小屋里面还亮着微弱的灯光……

一个又一个季节,从他封闭的小屋外远去了……

又一个冬天,漫天飞舞的雪花来了,洁白的雪花,又一次给他披上了天鹅绒的斗篷——哦,不,他好像真的从一只丑小鸭变成了白天鹅……

1966年,33岁的陈景润发表了他最新的一篇论文,向全世界宣布,他攻克了那道数学难题——哥德巴赫猜想的

"1+2"！

电讯一夜间就把这个消息传遍了全世界。国际数学界把他的论证称为"陈氏定理"。人们惊讶地说："天哪！他移动了群山……"

这时候，全中国都在讲述这个"数学怪人"的故事。不过，很少有人见过他和认识他。

有一天，他和新婚的妻子去商店买糖果，各种各样的散装糖果，他们买了一大堆。售货员打着算盘算了许久还没算出价格来。他等不及了，脱口说道："一共是 21.56 元。"

售货员不相信，继续打着算盘说："你以为你是陈景润啊？"

一年以后，他们有了自己的儿子。一个小小的家，原来是这样温暖啊！他很爱孩子。他用厚厚的被子和枕头为儿子围起了一个高高的"城堡"。

傍晚的时候，他牵着儿子的手在楼下散步。自行车棚里停着各种颜色的自行车。

"来，儿子，跟爸爸一起数数，黑色的，红色的，蓝色的，各有几辆？"这时候，他一点也不像人们传说中的"数学怪人"。

妻子织毛衣时，他会用手腕、膝盖、双脚同时撑开好几

个线圈儿……当然,现在再补蚊帐,他知道应该把那些大洞也补上了。

他最喜欢让妻子给他理发,因为只有这种最简单的发型才能够为他节省好多时间。

时间一天天地向前,儿子一天天地长大,他在一天天地变老。北京城仍然很大很大,他的身影还是很小很小。飞舞的雪花落在他的帽子、肩膀上,好像依然在为他披着天鹅绒的斗篷。

他在继续朝着数学的高峰攀登,因为他还没有最后摘到那颗皇冠上的明珠。他知道,未来的路还很长很长……

不过,他实在是太累了。1996年,这位63岁的数学家倒在了朝着数学巅峰攀登的路途上。

这一年,他的儿子15岁。小小少年陪着妈妈,站在爸爸的墓前。

他的大理石墓碑上刻着两个数字:白色的"1",红色的"2"。它们代表着他一生热爱的数学,也代表着他所攻克的数学难题。

儿子在心里说:"爸爸,我们永远为你骄傲!"长大以后,他也深深地爱上了数学。

1999年10月,中国科学院国家天文台将新发现的一颗小行星命名为"陈景润星"。后来,中国海军也把一艘科学考察船命名为"陈景润号"。

也许,当你抬头仰望星空、目送大船驶向远方时,数学家陈景润正在天空朝你微笑,正在海上向你招手,默默地鼓励你:"勇敢地去探索吧!哪里有数学,哪里就有美,就有真理和梦想……"

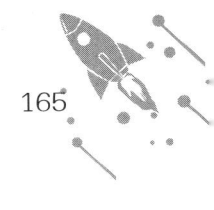

擦亮"中国天眼"的人

※

只有站在更高的高度,才能看得见更瑰丽的风光。

2014年春天,贵州高原逶迤连绵的山岭上,千山竞翠,万花怒放。此时,在黔南布依族苗族自治州平塘县大窝凼的那片喀斯特地貌的大洼坑中,被人们誉为"中国天眼"的500米口径球面射电望远镜(FAST)的馈源支撑塔正式开始现场安装工作。

"中国天眼"由主动反射面系统、馈源支撑系统、测量与控制系统、接收机与终端机观测基地等几部分组成。其中,主动反射面是外形像一口巨大的锅的球冠形索膜结构,由上万根钢索和4 450个反射单元组成,接收面积相当于30个标准足球场。可以想象一下,那是一只多么巨大的"眼睛"!

我们知道,埃及胡夫金字塔是世界上最大的金字塔,顶端原有的高度是146.5米,现在的高度是136.5米。而"中国天眼"的垂直高度是138米,超过现存的胡夫金字塔。

从科学原理上讲，射电望远镜的口径越大，意味着它的灵敏度越高；它架设的高度越高，意味着它的"视力"范围越辽远。

专家们说，500米口径球面射电望远镜是目前世界最大的单口径射电望远镜，它的灵敏度比目前号称"地面最大的机器"的德国波恩100米望远镜提高了约10倍。从理论上讲，"中国天眼"可以接收到137亿光年以外的电磁信号。所以，"中国天眼"也被人们称赞为人类探测和研究宇宙奥秘的新利器。它的神奇之处远远超出了中国神话传说里所想象出来的"千里眼"。

"中国天眼"是今天的中国科学家们想象的产物，最早是在1994年，由中国天文学家南仁东提出构想，并由中国科学院国家天文台主导建设。从提出构想到2016年9月25日正式落成启用，总共耗时22年。

中国科学院国家天文台研究员南仁东是"中国天眼"的首席科学家、总工程师。他被人们誉为"中国天眼之父"，也是这项堪称人类科学探索工程史上的"大手笔"的灵魂人物。

第一座馈源支撑塔竖起来之后，南仁东笑着对几位年轻的工程师说："明天我们去爬支撑塔，你们谁也不要跟我争

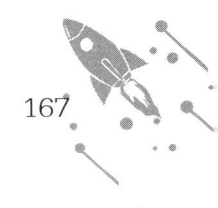

抢哦,让我爬在最前面。"

第二天中午,他们每个人都戴好了安全帽、穿上工装,一起去爬塔,就好像一起去完成一个心照不宣的仪式一样。

南仁东爬在最前面。"中国天眼"馈源支撑系统副总工程师李辉和其他几人跟在后面。因为支撑塔刚刚完工,护栏还没有完全固定,钢结构的支撑塔爬梯还会因共振出现些微的颤动。站在高处低头往下看时,耳边响着呼啸的风声,人的双腿会不由自主地发抖……

但南仁东却稳如磐石。这是他的"杰作",是他的"孩子",他站在上面,充满了信任感和安全感。大家一致让他爬在前面。其实,南仁东也是在用这种方式第一时间验证自己的判断。

到达了100多米高的塔顶时,大家放眼望去,大窝凼周边的景色,还有远处的层峦叠嶂、云卷云舒,都尽收眼底。只有站在更高的高度,才能看得见更瑰丽的风光。南仁东默默想道:"你的高度有多高,你的视野才能有多远……"

2014年11月,"中国天眼"6座馈源支撑塔全部安装完毕并通过验收。几乎每一座支撑塔建好后,大家都心照不宣地把第一个爬上塔顶的这份"荣耀"留给了"中国天眼之父"南仁东。大家都明白,"中国天眼"是他用全部心血、智慧和力量"拉扯"大的"孩子",这份父亲般的荣耀只能属于他。

南仁东少年时代就是一位学霸,在吉林省辽源市的中兴小学、辽源四中、辽源五中读小学和中学时,他就因学习成绩特别优秀,多次获得学校表彰。1963年,18岁的南仁东以平均98.6分(百分制)的优异成绩,成为当年吉林省高考的理科状元,被清华大学无线电系录取。从清华大学毕业后,南仁东又就读于中国科学院研究生院,师从著名天文学家、中国科学院院士王绶琯,先后获得理学硕士和博士学位。在清华大学读书时,南仁东就认识到了射电天文学对祖国科技发展的重要性和迫切性。所以,从结缘无线电专业开始,他就把毕生的智慧和心血都献给了这个看不见也摸不着、最为高深莫测的无线电——宇宙天体的射电信号领域。

真正让南仁东在这个领域开始大显身手的时机,是20世纪90年代之后。

1993年,在日本召开的国际无线电科学联盟大会上,有的科学家提出了一个宏伟的构想:在全球电波环境继续恶化之前建造起新一代的射电望远镜,以接收更多来自外太空的讯息。

参加完这次大会回来,南仁东跟同事们说:"咱们也应该尽快建一个！"当时，他这个有点儿超前的想法，让同事们感到吃惊。但他好像早就胸有成竹似的。同事们都深知，我国在射电天文学研究领域，起步比其他国家晚了许多年，而且一些尖端技术还被一些国家以"国家安全"等理由加以封锁。

但南仁东认为，起步比别人晚就要比别人花时间多一点、走得快一点，不然就永远赶不上去。他还认为，这个时候对中国来说是个奋起直追的好机会，此时不干，更待何时？

在他的想象中，这样一口"巨无霸大锅"，将不仅仅是一架射电望远镜，还是能够照彻和望穿宇宙起源、天地起源和生命起源奥秘的，一个接近极端物理条件的太空实验室。

从此以后，他心心念念、孜孜矻矻，甚至暗暗发下誓言，哪怕付出一辈子时间而只干成这一件事也无怨无悔。

南仁东深知，这样一架高精度、大口径的射电望远镜不仅可以打通探索宇宙奥秘的路径，还具有弹道导弹预警的国防功能，也就是说，它将成为一件神奇的强国利器。想到这里，这个东北汉子顿时觉得豪情满怀，恨不能尽早让这个美梦成真。

但要真正实现这个美梦，困难重重且不说，还需要漫长的时日。作为FAST工程的发起者和奠基者，南仁东从1994年起，从选址、预研究、立项开始，解决着一个又一个难题，一步步向前推进。这其中包括可行性研究、初步设计工作、编订FAST科学目标、指导FAST工程建设，还有攻克索疲劳、动光缆等一系列尖端技术难题……所以人们后来称他为"中国天眼之父"，还真不是一个象征性的赞语，而是一顶名副其实的桂冠。

建造"中国天眼"，除了科技含量上诸多硬条件，还有一个外部条件，就是要找到一个又大又圆的"天坑"。

为此，南仁东带着团队跋山涉水，足迹几乎遍及祖国大地。仅仅在西南山区他们就勘察了成百上千个天然大坑，但都觉得不太理想。直到有一天，他和同事们走进人迹罕至的大窝凼，他一眼就看中了隐藏在一片气象森严的喀斯特地貌里的这个大洼坑。

如果说，大自然是一个巨人，那么，这个大窝凼就像是巨人搁在这里的一个"巨碗"，四周的青翠山崖，就是这只"巨碗"的"碗沿"。

从有了最初构想到找到了这只"巨碗"，南仁东付出了12年时间；而从提交详细的立项建议书到完成最后的国际评审和国家批复FAST立项，再到2011年FAST工程正式启动，他又用了 5 年的时间。

2011 年 3 月,"中国天眼"工程正式开工那天,南仁东站在"巨碗"里,一边望着上面的天空,一边听着工人们"砰砰砰"砍树的声音,他的心里只有一个念头:"这个东西如果有一点儿瑕疵,我们对不起国家!"

"中国天眼"工程不仅是"中国之最",也是"世界之最"。让我们发挥一下想象力,想象一下它的庞大、复杂的模样,还有它那鬼斧神工一般的构造,以及众多的工程师和技术工人在这样一个巨大空间里作业的难度……

仅仅以"中国天眼"的索网结构为例。作为主动反射面的主要支撑结构,索网结构是反射面主动变位工作的关键点。它的一些关键指标,远高于国内外相关领域的规范要求,被视为当今世界跨度最大、精度最高的索网结构。6 670 根主索、2 225 个主索节点及相同数量的下拉索,完整地拼出了 FAST 的索网。拼装完成后,FAST 的巨大反射面看起来就像一口超级"大锅",6 个支撑塔高高竖起,网格逐渐爬满了"锅"底,向上延伸"咬住"环梁,反射面面板一圈一圈铺满索网的空隙,织完巨网。有人把这个可移动的抛物面形象地称为"中国天眼"的"虹膜"。

2014 年 7 月 17 日,索网开始安装;2015 年 2 月 4 日,

索网顺利完成合拢；2015年7月，反射面支撑结构完成施工验收……

眼看着这个美丽、神奇的梦想正在一天天、一步步地变得真实、立体和圆满，可是就在这时，已经进入古稀之年的南仁东却再也支撑不住自己严重透支的身体，突然病倒了！

很快，南仁东的病情结果出来，被送到了上级领导那里，领导们一看，不禁大吃一惊：肺癌晚期！

是的，就连医生们也感到吃惊：病情都严重到这种程度了，怎么还在坚持工作呢？何况还是一位已经70岁的老人！

谁也不知道，为了"中国天眼"能早日"开目"，南仁东付出了怎样坚强的毅力，在默默地忍受和抵抗着那看不见的病魔的侵袭！

2015年8月2日，已经完成了治疗手术，正遵照医生的叮嘱在家里养病的南仁东，看到了同事们从施工现场发来的"中国天眼"第一块主动反射面单元成功吊装的消息后，实在是在家里待不住了，没过几天，他竟悄然来到了工地上。

2015年11月21日，馈源舱顺利地在大窝凼上空升起。南仁东戴着安全帽，目不转睛地看着馈源舱升空。同事们看到，他举起右手，像是在遮挡着耀眼的阳光，又分明是在向

一个正在升起的梦想致敬！他的眼睛湿润了。他从青年时代就蓄起的标志性的髭须，仿佛一夜之间变得花白了……

2016年9月25日是中国天文史和中国科技史上一个永远难忘的日子。这一天，凝聚着南仁东和他的同事们22年心血和汗水的"中国天眼"正式落成启用。这一天，南仁东拖着病体，重返贵州大窝凼，亲自指导调试并亲眼见证了这座世界上独一无二的"太空之瞳"的"开目"时刻。

南仁东曾对同事说："如果'中国天眼'没有成功，我宁愿自己死去。"说这句话时，当然意在表达一种誓言和信心。可是，现实是残酷的。2017年9月15日，"中国天眼"正式"开目"近一年时，72岁的"中国天眼之父"却永远闭上了双眼。

2018年10月15日，中国科学院国家天文台宣布，经国际天文学联合会所属的小天体命名委员会批准，一颗国际永久编号为79694的小行星被正式命名为"南仁东星"。这颗小行星是中国国家天文台在1998年9月25日这天发现的，以纪念南仁东为国际天文事业和"中国天眼"作出的卓越贡献。

2020年1月11日，随着"中国天眼"的顺利验收，中国不仅成为拥有世界上最大、最灵敏的射电望远镜的国家，同时也意味着，人类望向茫茫宇宙、望向未知世界的视野变得更加广阔和清晰。南仁东，是闪耀在太空中的一颗永恒的闪亮的星。

我爱你，中国

※

做一名优秀的地球物理学家，把地球变成透明的！

大山是那么高，连绵起伏，一座连着一座。黄大年是那么小，每天都要走过弯弯的、长长的山路去上学。在大西南群山的怀抱里，他和小伙伴们就像一个个小小的逗号。

很小的时候，爸爸告诉过他，每一座高山，每一条江河，都是祖国母亲的一部分；大山深处，有祖国需要的各种宝藏。从一本连环画上，他认识了一位中国科学家——李四光。

爸爸告诉他说，李四光是响应新中国的召唤从国外回来的地质学家，他拿着地质锤走遍了祖国大地，为国家找到了许多宝贵的油田和矿藏……

"爸爸，我长大了也要像李四光爷爷那样为国家探宝！"

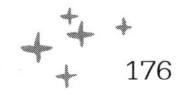

"那真是太好了！"爸爸拍着为他买回来的《十万个为什么》说，"不过，大年啊，'书山有路勤为径'啊……"

他牢记爸爸的话，深深地爱上了读书。他迈着小小的步伐，向着一座座"书山"攀登，每一本书，都像是一级小小的石阶。

高中毕业时，他不再是一个瘦小的孩子了。这个浑身充满力量的少年，从几百人中被选拔出来，成为一名骄傲的航空物探操作员。

第一次坐在飞机上俯瞰大地，他兴奋得张开双臂，像要拥抱辽阔和美丽的山河。17岁的少年，正朝着为国家探宝的梦想飞翔。

1978年，黄大年以优异的成绩考入远在东北的长春地质学院应用地球物理系（今吉林大学地球探测科学与技术学院），这是李四光创办的新中国第一所地质专科学校。他的辅导老师为他扛着行李，领着他跨进了学校大门。

藏书丰富的图书馆是他最喜欢的地方。坐在李四光画像前看书，他觉得，大师好像正在用鼓励的目光看着他说："好样的，黄大年，加油吧……"

夜深了，他站在小窗前，想念起远方的爸爸和妈妈。借着皎洁的月光，他一遍遍读着爸爸写来的家书："大年，你是我们的儿子，也是国家的儿子，要珍惜时光，早点学好本领，报效国家……"

天没亮，星星还在深蓝色的天空闪烁。他和同学们一起，唱着《勘探队员之歌》出发了。"背起了我们的行装，攀上了层层的山峰，我们满怀无限的希望，为祖国寻找出富饶的矿藏……"

在巍峨的群山中，他们敲打着、探寻着一块块奇怪的石头；在辽阔的山野上，在祖国妈妈的怀抱里，他们好像变成了一个个小小的逗号。

"做一名优秀的地球物理学家，把地球变成透明的！"他一边朝着更高的山巅攀登，一边想象着，到那时候我们的祖国需要什么我们就能开采什么。

冬天来了，雪花轻轻地落啊落啊，落在高高的山路上，落在深深的河谷里，落在美丽的白桦林和松树林里……北方的冬天真美，常常让他流连忘返。

1992 年，已经成为大学教师的黄大年获得"中英友好奖学金项目"资助。作为 30 人中唯一的地球物理学研究者，他就要离开祖国去英国留学了。他独自来到冬天的山谷间，再看一看壮丽的北国风光，看一看他在野外勘探时住过的小木屋。空旷的雪地上，留下了他深深的脚印……

"等着我吧，我一定会把最先进的技术学到手，带回祖国，研制出我们自己的地球物探仪器！"他紧紧拥抱着为他送行的同事说，"我会想念你们的！"

1996年的一天，英国利兹大学的小礼堂里传出一阵阵热烈的掌声——黄大年以排名第一的优异成绩，获得了地球物理学博士学位。

"祝贺你，年轻人，你是利兹大学的骄傲，世界正在等待你！"德高望重的老教授为他颁发了学位证书。"谢谢您，老师，"在接过证书的那一瞬间，他在心里说，"我的祖国，也在远方等待我……"

一年后，他进入英国剑桥大学ARKeX航空地球物理公司，任高级研究员。他在这里工作了12年，一步步成为航空地球物理领域的传奇人物，成为享誉世界的科学家。

他住在康河河畔一座带有宽阔草坪的花园别墅里。他的妻子是一位医师，在这里拥有两家诊所。当然，他还有设备齐全的实验室、收入丰厚的工作待遇……但是这一切都不能把他留在英国。他一刻也没有忘记爸爸对他说过的话："大年，你是我们的儿子，也是国家的儿子，要珍惜时光，早点学好本领，报效国家……"

2004年3月20日，黄大年正在北大西洋海底做实验，突然，从祖国传来一个急电：他的爸爸病危！

舰长如实相告："黄先生，只要你同意，我们可以破例上浮，送你回国去看亲人最后一面。不过，你的这个实验计划将会中断……"

他深深地明白，这个实验对于将来的事业有多么重要。他含着泪水望着舰长，痛苦地摇了摇头。他没能回国见上爸爸最后一面。爸爸只给他留下了一句话："大年，要记住，你是有祖国的人！"

两年后，妈妈也去世了。妈妈给他留下的同样也是这句话："大年，要记住，你是有祖国的人！"

2009年12月24日夜晚，当人们都沉浸在平安夜的欢乐气氛中时，黄大年和妻子拉着行李箱，走进了空荡荡的候机厅。透过飞机舷窗，他久久凝望着繁星闪耀的夜空，"我回来了，回来了……"

黎明时分，他看到了机翼下面祖国辽阔的山河大地。

回到母校，他担任了地球探测科学与技术学院的教授。作为首席科学家，他同时也承担起了国家的一些重大科研项目，如"高精度航空重力测量技术"和"深部探测关键仪器装备研制与实验"。"请你们想象一下,我们的工作是多么美丽和浪漫!就像在飞机、舰船、卫星等移动平台上安装上了'千里眼',又像在给地球做CT和核磁共振,让整个地球变得'透明'……"他这样给学生们描绘着他们的研究项目。

是啊,勘探队员以前只能靠双腿去野外勘探,每天步行不到一百里,而且只能发现埋藏较浅的矿藏和油田。可是,有了他们研制的"神器",我们就能以"日行万里"的速度看清深埋在祖国大地下面的各种矿藏和油田,还可以看清地层深部的构造,以研究和预防地震灾害。

当然,如果敌方把战略导弹车藏在大山深处的洞窟里,或者把潜艇藏在深深的海水底下,"神器"就可以很容易地发现它们。"神器"可以装在无人机上,也可以装在人造卫星上,用来保护我们的国家安全,保护全人类的和平。因此,黄大年也被人们称为"战略科学家"。

此刻,他像一名充满力量的竞赛选手,跨开大步,开始与时间赛跑了!在风中,在雨中;在星空下,在烈日下;在白雪皑皑的山谷里,在飞机上,在高铁上,在讲台上……他日夜操劳和忙碌着。

他太累的时候,就睡在办公室的沙发上和地板上……

夜深了，他独自坐在楼顶上，仰望浩繁的星空。爸爸妈妈都不在了，但他觉得，他们时刻都在天上看着他，给他鼓励，也给他疼爱和温暖。

"大年，要记住，你是有祖国的人！"仰望着满天的星星，他好像又听见了爸爸妈妈的叮咛。他庆幸自己一直在朝着为国家探宝的梦想飞翔。

他想到了小时候听过的那个红舞鞋的童话：只要穿上神奇的红舞鞋，就可以不停地旋转，旋转，旋转……对着星空，他默默许愿："时光啊，请给我一双红舞鞋吧！"

可是，他还没有等到那双红舞鞋就累倒在了舞台上。2017年1月8日，年仅58岁的地球物理学家、战略科学家黄大年，永远告别了自己挚爱的祖国，回到了大地母亲的怀抱里……

一束洁白的白玫瑰，放在他日夜工作过的实验台上。摆满矿石的实验室里，再也看不到那个充满力量的身影了。只有他生前最喜欢唱的那首《我爱你，中国》的歌声还在轻轻回荡：

"……我爱你，中国，我爱你，中国！我爱你碧波滚滚的南海，我爱你白雪飘飘的北国。我爱你森林无边，我爱你群山巍峨。我爱你淙淙的小河,荡着清波从我的梦中流过。我爱你,中国,我爱你,中国!我要把美好的青春献给你,我的母亲,我的祖国……"

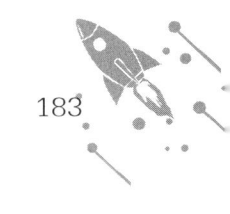

千万颗飞扬的种子

---*---

超越海拔六千米，抵达植物生长的最高极限，跋涉十六年，把论文写满高原。

一粒种子的力量有多么巨大，也许是人们无法想象的。无论是在高原和荒漠上、岩石或废墟下，还是在风吹日晒的屋顶上、瓦片缝间，甚至是在石头墙壁的缝隙里，我们都能看到种子的神奇力量。据说，人的头盖骨的结构异常紧密和坚固，生理学家和解剖学家用尽了办法也没能把它完整地分离出来，后来，有人从种子破土获得启示，把植物种子置入头盖骨中。果然，小小的种子用神奇的力量，把最坚固的头盖骨完整地分离了。

从英年早逝的植物学家钟扬身上，我们也看到了另一种种子的力量——一位共和国赤子和科学家的精神的种子。钟扬生前是复旦大学生命科学学院教授、博士生导师，长期从事植物学、生物信息学研究和教学工作。

他留给人们印象最深的照片，就是常年背着一个沉重的双肩包。熟悉他的人都知道，这个双肩包里装着笔记本电脑、学术会议资料、翻译稿和学生的论文等。常年四处奔波的工作特点让他养成了一个习惯，就是把所有可能需要的东西都随身背着。他会利用在飞机场候机和长途飞行的时间，随时打开背包投入工作。

他是复旦大学的一位援藏工作者，在青藏高原上生活了16年，足迹踏遍了西藏最偏远、最艰苦的地区。因为身兼西藏大学生态学博士生导师，他每年待在西藏的时间超过130天，所以经常要在上海、西藏两地之间穿梭。在为藏地播撒和培育科研、教育人才种子的同时，他也率领专业的团队，在青藏高原上为国家收集了数千万颗宝贵的植物种子，为祖国的生物多样性研究和保护作出了巨大的贡献。

钟扬的祖籍是湖南邵阳，但他出生在湖北黄冈一个书香门第家庭，曾在赫赫有名的黄冈中学就读。

1977年，全国恢复高考制度。第二年，中国科学技术大学正式创建"少年班"，采取单独考试、改卷和录取的模式，招收尚未完成常规中学教育但成绩优异的少年接受大学教育。1978年，中科大少年班首次在全国仅招收20多人，竞争异常残酷，整个黄冈地区成绩最好的一位学生也没考上。钟扬于1979年考入了中科大少年班，就读无线电专业。从此，一颗梦想的种子，开始在辽阔的科学知识的原野上更高、更远地飞扬起来。

1984年，刚满20岁的钟扬从中科大毕业，被分配到了中科院武汉植物研究所（今中国科学院武汉植物园）工作。钟扬的专业并不是植物学，但因为数学和计算机基础很好，被分到了研究所技术室。在这里，年轻的钟扬意气风发，竟然创建了该所的第一个计算机室，接着还组建了一个计算机生物学青年实验室、一个水生植物室。他在武汉植物研究所工作了15年。这15年里，他彻底改变了自己的专业领域，先是在武汉大学进修了植物学专业，又到美国加州大学伯克利分校和密歇根州立大学从事合作研究数年。

所有的理论都是灰色的，而生命之树常青。2000年，当钟扬离开武汉，进入复旦大学生命科学学院任教时，植物学研究已经成了他新的专业和新的梦想。"人就是要做自己感兴趣的事情，才能不负人生。我对植物学感兴趣，但我们当时的植物研究所只能在华中地区转悠，而在高校搞研究，想去哪儿就能去哪儿。"他曾这样回忆说。

2001年，一个新的机缘，给他梦想的种子插上了更为有力的翅膀。这一年，适逢复旦大学对口支援西藏地区。钟扬想都没有多想，就报名要求到西藏大学担任一名普通教授。

他的请求得到了批准。

青藏高原上有 2 000 多种特有植物,有近 6 000 个能结种子的高等植物物种,占全国植物物种数的 18%,不仅数量大,质量也好。那是每个植物学家都应该去的地方。于是,他下定决心要去青藏高原上收集种子。

2001 年,钟扬第一次踏上被人们誉为地球"第三极"的青藏高原。去过西藏的人们都有一个切身的体验:克服和适应高原反应可不是一个小问题。为此,钟扬用了 5 年时间才渐渐克服了高原反应。但是他当时并不知道,因为体质特点的不同,高原缺氧的环境对他的心肺功能造成了一定的损伤。

2002 年,已经 38 岁的钟扬和他志同道合的妻子张晓艳,收获了他们"爱的硕果"——一对双胞胎儿子。小哥俩出生时,钟扬正在研究一种红树植物,他用植物的名字给两个儿子分别取名为"云杉"和"云实"。用植物学专业术语说,前者是裸子植物,后者是被子植物。于是,有个研究生就贴出了带有幽默风格的喜报:钟扬教授和张晓艳博士的遗传学实验取得了巨大成功。

格桑花盛开的青藏高原是圣洁的、充满神秘感的地方。但是长期以来,这片高原上的植物资源没有得到完整的"盘点"。我们从《红河谷》等电影或小说里曾看到过这样的情节：西方有一些冒险家也曾觊觎过西藏的植物和动物种类，多次以科学考察的名义进入西藏地区，但最终给西藏带去的不是什么科学发现，而是侵害、盗窃和践踏。最终，在全世界最大的种质资源库中，也不见西藏地区的植物种子。

钟扬与西藏结缘之后，有了一个宏大的梦想，就是想摸清青藏高原的生物"家底"。所以，他在西藏16年间从藏北高原到藏南谷地，从曲折的雅鲁藏布江流域到苦寒的阿里无人区，还有在林芝、日喀则、那曲……这些遥远的地方，都留下了钟扬和他的团队采集野生植物标本的足迹。

后来人们粗略地计算过，钟扬在青藏高原上的总行程早就超过了10万公里，他和学生们采集到的植物种子多达4 000万颗。

可不要小看这些小小的种子。钟扬告诉学生们说："一个基因可以为一个国家带来希望，一粒种子可以造福万千苍生。"

实际上，我们已经看到了，不少中国科学家就是用一粒种子在影响和改变着世界。如农业科学家袁隆平，就是用一株稻子在改变着世界，为解决人类的粮食问题作出了贡献；药学家、诺贝尔生理学或医学奖获得者屠呦呦，也是用一株绿色的小草影响世界和造福人类。钟扬团队采集的这些植物种子,有的是藏药中的草药,有的是珍贵的花卉,有的是野果、坚果、水果,有的是农作物……可以想象,它们对国家和整个人类的价值有多大!

然而,在西藏野外工作总是伴随着各种艰难困苦——恶劣的气候,险要的道路,辽远的地域……都需要钟扬和学生们一一去克服。

西藏的很多植物还有一个特点,就是它们自身为了适应在高寒气候下生长,也在慢慢地、有规律地不断进化着。越是有研究价值的植物,越是生长在气候条件恶劣的地方,因此,要采集到它们也越艰难。就像传说中的古老的"风花",长在雪谷而开在悬崖,要找到它和得到它,往往需要以一生作为代价;它遥远又亲近,飘忽又朦胧,多少人舍弃一切幸福去追寻它,而一旦靠近了就会离不开它。有时,为了采集到某些珍稀的植物样本和种子,钟扬需要进入常年无人区,或者攀登到海拔 5 000 米以上的山峰。

在野外考察途中,钟扬他们曾多次看到过往的车辆冲出了盘旋的山路,掉到了悬崖下的雅鲁藏布江中。还有一次,也是在野外科学考察路上,突然一块松动的山石滚落下来,轰然砸中了钟扬乘坐的车子,所幸的是没有伤到人。

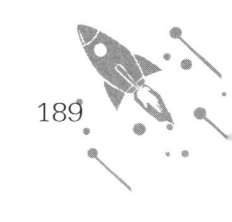

"科学研究嘛，本身就是对人类毅力的挑战。"常年的野外考察，也让钟扬慢慢弄清楚了，同样是高原反应，却有十几种不同的表现。所以，每次出发前在准备水、食物和防护用品时，钟扬都会鼓励学生，同时也是在给自己鼓劲儿说："我们决不能因为有高原反应就畏缩不前了。上不了昆仑山，如何'盗'得来灵芝仙草？"

采集植物种子有着严格的科学操作方式。比如要研究西藏生物多样性保护，钟扬给自己定的目标是：每个标本至少要采集 5 000 颗种子，而且按照科学规范要求，两个样本之间的空间距离不得小于 50 公里。所以，为了同一片地域上的植物种子，有时钟扬一天就要走 800 公里。他每走 50 公里，看见一种种子，就赶紧收集几个，装入麻袋，然后赶到另一个采集点。

有一次，钟扬发现了一种内核比较光滑的毛桃，不禁欣喜若狂，一鼓作气采摘了 8 000 颗。为了不损坏种子的完好度，他发动全课题组的老师和学生来帮着啃毛桃，啃出的桃核，在刷干净、擦干、晾干后，送入种子库。他精挑细选出 5 000 颗桃核，保存到样本瓶子里，有可能存放 80 年到 120 年。这就算是一个标准样本了。那年夏天，光是这样的样本，他就做了 500 个。

2015年5月，因为长期高强度的工作，钟扬突发脑溢血，幸好被及时发现送到了医院，才保住了生命。苏醒后，出于对组织负责的考虑，他躺在ICU病床上，用口述方式让人代写了一封信，汇报了有关工作的进展。其中有这样一段话："这十多年来，既有跋山涉水、冒着生命危险的艰辛，也有人才育成、一举实现零的突破的欢欣；既有组织上给予的责任和荣誉为伴，也有窦性心律过缓和高血压等疾病相随。就我个人而言，我将矢志不渝地把余生献给西藏建设事业。"

2016年，钟扬回上海做了心脏搭桥手术。医生再三强调，他的身体已不适合在高原工作。但钟扬没有听从医生的建议，很快又返回了西藏。这年夏天，他以援藏队伍中"老队员"的身份参加了一个欢迎座谈会。因为多次受到高原病的折磨，当时，人们看到他的脸已经浮肿，脸色也是高原上特有的那种黑红色。很多人都对他说过的几句话记忆犹新，他说："每个人都会死去，但我想为未来留下希望。"他心中的希望也就是他的两个梦想：一是收集更多自然界植物的种子；二是在藏区播撒和培养更多人才的种子。

"在漫长的科考途中，我深深地觉得，这片神奇的土地需要的不仅仅是一位生物学家，更需要一位教育工作者。"

他这样说道。

钟扬刚到西藏大学兼任教授的时候，那里连硕士点都没有。经过多年的努力，2017年9月21日，国家教育部发布的"双一流"大学学科建设名单里，西藏大学生态学入选一流学科。这也是整个西藏地区唯一入选的一流学科。对此，钟扬感到无比欣慰，因为这其中倾注了他十几年的智慧和心血。在他的想象中，未来的日子里不仅有千千万万颗植物的种子，更有无数知识的种子、科学的种子、人才的种子，像蒲公英一样飞翔在辽阔美丽的青藏高原上⋯⋯

可惜的是，我们的科学英雄未能看到梦想的种子全部落地却"出师未捷身先死"。2017年9月25日，钟扬在赴内蒙古为民族地区干部授课途中，不幸遭遇车祸而英年早逝，年仅53岁。

按照原定的行程，本来在三天后他会从上海飞回西藏，进一步规划西藏大学生态学学科的建设和发展远景。但是这一次，他的身影再也没有出现在自己深深热爱和钟情的青藏高原，而只有他那份未了的情、那永远的眷恋，像云彩一样飘回到高原上了⋯⋯

2018年3月29日，中央宣传部追授钟扬教授"时代楷模"称号。2019年2月18日，钟扬获得"感动中国2018年度人物"荣誉。评选委员会为这位扎根大地的人民科学家撰写的颁奖词是：

超越海拔六千米，抵达植物生长的最高极限；跋涉十六年，把论文写满高原；倒下的时候，双肩包里藏着你的初心、誓言和未了的心愿，你热爱的藏波罗花，不求雕梁画栋，只绽放在高山砾石之间。

追寻万物的秘密

会思想的苇草
牛顿的苹果
捕捉闪电的人
渔夫的儿子
「数学王子」
河边的男孩
哭泣的昆虫
元素周期律是怎样发现的
"妈妈，我还没孵出小鸡来呀！"

镭的光芒
「怪小孩」
「狄拉克小路」
谁从我童年的窗外走过
追寻万物的秘密
云杉与丝柏

会思想的苇草

---- ✳ ----

人只不过是一根苇草,是自然界最脆弱的东西,但他是一根能思想的苇草。

科学界流传着一则著名的笑话:

很多科学家死后都来到了天堂。有一天,科学家们在一起玩捉迷藏游戏。

轮到爱因斯坦抓人时,他数了100个数后,发现牛顿站在身边,就说:"哈哈,牛顿,我抓住你了!耶!"

"不,你抓到的不是牛顿。"

"那你是谁?"爱因斯坦问。

"你看我脚下是什么?"牛顿狡猾地一笑。

爱因斯坦看到,牛顿脚下是一块边长为1米的正方形木板。

"我站在一块1平方米的木板上,就是'牛顿/平方米',所以你抓到的不是牛顿,而是帕斯卡。"

爱因斯坦听后,就喊来帕斯卡。

帕斯卡听后，微笑了一下，弯腰捡起了牛顿脚下的木板，对爱因斯坦说："我现在是帕斯卡，对吗？"说罢，他一下子把木板丢了出去，"没有了平方米，现在，我是牛顿。"

这个小笑话至少告诉我们，法国数学家、物理学家、哲学家帕斯卡是一个智慧过人而又非常幽默的科学家。

现在，许多人都喜欢到西藏等高原地区旅行。一般人到了高原地带，都会感到呼吸困难。为什么会产生这种现象呢？是帕斯卡最早发现了其中的原因。

原来，随着海拔高度的增加，空气会越来越稀薄，大气压减小，所以一般人不能适应。这就需要用帕斯卡发现的"压强原理"来解释。

帕斯卡1623年出生于法国中部的克莱蒙费朗。他从小智力过人，但他的爸爸曾因为他年纪小不让他学数学。出于强烈的好奇心，12岁那年，帕斯卡开始自学几何学，并发现了三角形内角之和是180度。爸爸知道了这件事后十分惊喜，送给了小帕斯卡一本欧几里得的数学名著《几何原本》作为奖励。

帕斯卡特别喜欢钻研问题，凡事都喜欢问个为什么。

有一次，在回家的路上，他看到一位花匠正在浇花。只见又长又扁的水管接上水龙头，扁水管一下子就变圆了。这

引起了帕斯卡极大的兴趣。

他趁人不注意时，悄悄站在水管上，想压住水管堵住水，但水根本就堵不住，照样从他脚下的水管中流过。他又蹲下身来，用手按住水管，脸都憋红了也没有按住。

"你是想按住它吗？"花匠笑眯眯地问他。

"对啊！"

"不行啊，水的力气可大了，再来七八个像你这样的小家伙也按不住。"

"真的吗？"

"当然啦，你看看，它喷得有多高。"

他顺着花匠手指的方向看去，只见靠花园这头的水管上有几个细孔，水从细孔中喷出，喷得老高。

"真的呀，它们画的都是抛物线呢。"帕斯卡一蹦一跳地跑过去，伸手去挡"抛物线"，手心被水射得痒痒的。

玩着玩着，爱问"为什么"的帕斯卡又想到了一些问题：水进了水管为什么要往前跑？水本来是流向低处的，为什么水管里的水可以往高处流？水为什么会把水管胀得鼓鼓的？细孔里的水为什么会喷出那么高？

这一连串的问题，花匠当然没法回答出来。回到家里，帕斯卡问了爸爸。没想到，很有学问的爸爸也回答不上来。凡事都要弄出个究竟的帕斯卡决定自己做实验,找出其中的答案。

于是,帕斯卡和水"玩"上了。他弄来一段水管,把它接在水龙头上,把另一头扬得高高的,看水往外喷。他还用钉子把水管钻上几个孔,让水从孔里喷出"抛物线"。

玩着玩着,帕斯卡发现:从小孔里喷出的水流都是一样长。没几天,水管被扯破了,帕斯卡又找来较薄的橡皮管子,费了好大劲才将它安在水龙头上,细管子顿时被撑得又粗又壮。

"太神奇了!水究竟从哪里来的这么大的力量呢?"

从此,"玩水"变成了帕斯卡的一个爱好。很快,他又做了个新鲜玩意儿,他将一个空心球扎一些小孔,球上连接一个圆筒,在圆筒里安装了一个可以来回移动的活塞。他将球和圆筒里灌满水,然后用力往里按活塞,水便从球四周的小孔里均匀向外喷射。这真是太好玩了。

后来,帕斯卡长大了,可是玩水这件事他怎么也忘不了,并且一心想揭开这个秘密的愿望越来越迫切。

已经成年的帕斯卡又开始"玩水"了。不过,这次他可不是在水龙头下悄悄地玩,而是在实验室里,在许多仪器、设备的支持下,正儿八经地"玩"。

他用水和酒精多次重复了那个著名的托里拆利真空实验,证明了真空的存在,并明确了空气有重量,大气压力是普遍

存在的。帕斯卡还特意在不同的地区、不同的高度，多次进行了液体压强的实验。

经过无数次实验和精确计算，帕斯卡终于得出了一个规律：加在密闭液体上的压强，能够按照原来的大小由液体向各个方向传递。他在此基础上发明了注射器，制造了水压机。

后来，科学界铭记帕斯卡的功绩，确认了帕斯卡最先提出了描述液体压强性质的"帕斯卡定律"，并且把国际单位制中"压强"的单位命名为"帕"。

帕斯卡去世后，他墓前的石碑上镌刻着这样的文字：

文学家、数学家、物理学家帕斯卡之墓
1623.6.19—1662.8.19

他的墓碑上刻着一张桌子，上面还刻了一张纸片，表示大约相当于一块面积为1平方厘米、质量为10毫克的物质对桌面的压力，是国际通用的压强单位，叫做1帕斯卡。

我们称帕斯卡是一位哲学家，也一点儿没有错。他写的《思想录》是世界上最著名的哲学著作之一，其中的一句名言是："人只不过是一根苇草，是自然界最脆弱的东西，但他是一根能思想的苇草。"

牛顿的苹果

————— * —————

牛顿是一位追求永恒真理的勇士。

有人说,迄今为止,世界上出现了两个著名的苹果:第一个是砸中了牛顿的那一个,第二个是被乔布斯咬了一小口的那一个。

1666年秋日里的一天,平时总是手不释卷的艾萨克·牛顿爵士像往常一样,坐在花园里的苹果树下看书。

为什么行星会围着太阳转,月亮却要绕着地球转呢?……牛顿又在思考着这些令人费解的问题。

这时,"扑通"一下,一个红艳艳的苹果从树上掉了下来,正好砸在牛顿身上。

对呀!苹果从树上掉到地下,也应该是有原因的吧?

牛顿捡起苹果端详着,脑海里又产生了新的疑问:苹果为什么会落下来,而不是直线飞出去呢?苹果是不是也受到了地球某种东西的吸引,就像月亮受到这种东西的吸引一

样?……

一系列的问题,在牛顿的脑海里飞快地旋转着……

牛顿认为,行星绕着太阳转,月亮绕着地球转,都是沿着一种椭圆形轨道运动,这其中一定有某种奇怪的力量使它们脱离了直线运动。

为此,牛顿花费了18个月时间,反复思考和论证自己的设想。

但他并没有急着去发表自己的见解,因为还有太多的问题等着他去发现与考证。所以,一个问题一旦想通了、解决了,他就会把它们锁进抽屉,再转向下一个问题。牛顿的那本震惊世界的著作《自然哲学的数学原理》还是在好朋友哈雷的劝说和督促下出版的。

在《自然哲学的数学原理》这本科学著作中,牛顿不仅总结了力学的基本定律,而且发现了能够证明这些定律的数学方法,包括惯性定律、直线运动定律、万有引力定律等。今天,只要接触物理学的人,都绕不开"牛顿三大定律"。

此外,还有后来发现的哈雷彗星、海王星,以及科学家发明的喷气式飞机、人造卫星……追本溯源,都与牛顿这部闪烁着奇光异彩的人类自然科学的奠基性巨著有直接联系。所以,后人也称物理学家牛顿是百科全书式的"全才"。

牛顿能被苹果砸中,看上去是偶然,然而,他能取得那些非凡的科学成就,是一个喜欢思考、敢于质疑的科学家的必然。

其实,牛顿小时候的表现和许多小孩没有太大的区别。

1643年,在英国林肯郡的一个庄园里,小牛顿呱呱坠地了。"天哪,他太瘦弱了!"他的妈妈不得不用一块围巾围在他的头颈上,来支撑他柔软无力的脖子上的那个小脑袋。

因为家庭不太富裕,牛顿的妈妈一开始更倾向于把这个儿子培养成一位农场工人。可她没想到,牛顿中学毕业时虽然学业成绩优异,但干起农活来总是让人啼笑皆非、大失所望。

举个例子来说吧。1658年9月的一天,天空乌云密布,狂风大作。

"起大风了,孩子,快去把库房的门关紧些吧。"妈妈叮嘱道。少年牛顿赶紧顶着大风出去了。

可是,短短几步路,半个小时过去了,他还没回来。

"孩子,你在干什么呢?"妈妈寻找到了库房,看到库房门赫然被吹倒在地,牛顿正在从窗户上的不同方向一次次地试跳着。

"妈妈,我在测风力呢!你看,风大的时候,我就会跳

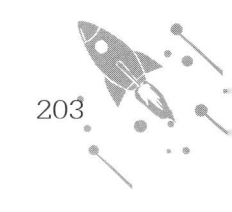

得更远些。"牛顿看见妈妈来了,兴奋地指着地上做的标记说。

"你这个孩子啊,让妈妈怎么说你才好呢!"

幸好,这次还只是损失了一扇库房门。更多的时候,妈妈让他去放羊,他会全神贯注地看书,忘了吃饭,也把羊群忘得一干二净;妈妈叫他去牵马,陷入思考的他,连马挣脱缰绳跑回了马厩,他也全然不知。

虽然干农活时常常心不在焉,但是看起书、记起笔记、做起实验来,还有弄些小发明什么的,牛顿倒总是兴致勃勃、乐此不疲。一旦脑子里想着什么问题,他对周围的一切事情就不闻不问了。

"看来,再苦再难也不能把我们的小天才就这样荒废在土地上!"于是,把一切都看在眼里的妈妈和牛顿的舅舅商量了一下,把辍学已经两年多的牛顿又送进了学校。

果然,牛顿没有辜负妈妈的期望,第二年就考进了剑桥大学著名的三一学院,并在那里遇见了他的老师和挚友、著名数学家伊萨克·巴罗。正是这位数学家,一手把牛顿领进了自然科学的殿堂,也为他攀登科学高峰指明了方向。

在他们师生之间,有一件事被传为佳话:牛顿在剑桥大学研究生毕业后,巴罗以年迈为由,辞去了剑桥大学数学教授的职务,推荐牛顿来接替他的职务。这时,牛顿只有26岁,巴罗也没比牛顿大多少,还不到 40 岁,哪里谈得上年迈!巴罗这样做,就是为了尽早让牛顿有个更好的平台和研究环境,因为能留在剑桥大学这座科学的"伊甸园"里,对牛顿来说是最好的归宿。

果然,牛顿很给恩师争气。在后来的日子里,他一步步成为一位让全世界仰望的科学巨人。

牛顿是一位追求永恒真理的勇士。牛顿活到了 84 岁。一直到去世前,这位发现了物体运动三大基本定律的巨人,仍然认为自己面对的是一个充满未知数的、浩瀚无边的真理的海洋,所以一直到临终时,他都没有停止过对真理的思考和寻求。

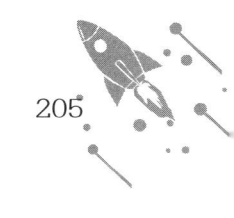

捕捉闪电的人

*

富兰克林不仅从苍天那里取得了雷电,还从暴君那里取得了民权!

很多人都知道,印在100美元面值纸币上的人物头像是著名的科学家本杰明·富兰克林。但是大多数人可能并不知道,这位在科学、政治、文学等领域都取得了杰出成就的巨人,少年时仅仅接受过两年的正规学校教育。

他一生骄人的成就,都来自他孜孜不倦、自强不息的勤奋精神。他是美国著名的政治家、科学家,也是印刷商、作家、发明家,同时还是杰出的外交家。一个人能把如此丰富的职业集于一身,而且在每个领域里都创造了非凡的成就,这该付出多大的勤奋和努力!

富兰克林一生中最引人注目的科学成就是进行过多项电的实验,最终发明了避雷针,被誉为"捕捉闪电的人"。

但是,他在很小的时候却梦想当一名水手。

"爸爸,我不要去印刷厂当学徒,我要当水手!"那天,这个小男孩望着爸爸，坚定地说道。

"当水手？"爸爸满怀忧愁地问他，"孩子，这是为什么啊？"

"我喜欢大海，我会游泳和划船。"

"可你不是更爱读书吗？当了水手，就没机会、没时间读书了哦！"

"难道去印刷厂就有书读？"小男孩不解地问。

"书本是印刷工人做的，这样你就能接触很多的书，而且，当了印刷工人，你还能有幸成为第一个读者呢。"爸爸告诉他说。

这是1718年发生在这个穷困的波士顿家庭里的一番父子对话。最终，12岁的富兰克林动摇了，因为读书正是他一直渴求的事情，对他的诱惑太大了！

当时，因为家里实在困难，富兰克林只上了两年小学就辍学回家，帮爸爸做蜡烛。不过，他从未停止过对书本的渴望和阅读。

"既然有更多的书看，那我去，爸爸。"富兰克林脸上泛起了红光，作出了最后的决定。这个决定改变了他的一生。

做印刷厂的学徒，让少年富兰克林接触了更多有学问和有思想的人，同时也真的实现了他"大饱眼福"的愿望。

"我的天啊，这么多的书！"第一次来到书店的富兰克林惊呆了，他问一个小学徒，"这些书都是你的吗？"

"当然不是，我只是负责卖书。"书店的一个小学徒撇了撇嘴说。这个小学徒，是富兰克林进入印刷厂不久结交的一个朋友。

"它们肯定很贵吧？"富兰克林吐了吐舌头。

他的朋友看出了他的心思，慷慨地说："你要是想看，可以挑一些薄的书拿回去看，只要不把书弄脏，第二天早点还回来就好了。"

富兰克林打心眼里感谢这个小伙伴。

为了及时把书还回去，他常常通宵达旦地看书。用来照明的，是他从朋友和邻居那里收集来的蜡烛头。

从印刷厂学徒到印刷工人，再到印刷厂老板，一路走来，富兰克林增长了见识，开拓了视野，更重要的是他积累了资本，有了以后去从事自己感兴趣的科学实验的实力。

1752年6月，富兰克林进行了一项轰动世界的实验。

那是一个闷热的下午，刚刚还是晴朗的天空忽然暗了下来，厚厚的乌云被狂风撕扯着，越压越低。接着，一道道炽烈的闪电划破了云层，霹雷一声声从远方滚来……

富兰克林和儿子举着用丝绸做的一只风筝紧紧追赶着闪

电。他们要用风筝顶端一根细细的金属线,把闪电"吸引"下来,"捕捉"到它。

突然,儿子叫了起来:"爸爸,你看!牵引风筝的绳子上,纤维都竖起来了!"

富兰克林仔细一看,果然发现只要雷电一闪,绳子上的纤维就会竖立起来。不错,这就是他要捕捉的电啊!

富兰克林试着去碰触了一下系在绳子上的钥匙,顿时,钥匙上产生的火花打在了他的手上。

一种真实的疼痛感让富兰克林确信,天上的雷电和人工产生的电是一回事,并不是之前人们认为的它是由上天创造的。

不过,闪电实验是非常危险的实验,曾经有科学家在进行类似的闪电实验时,被电击身亡了。因此,直到现在,科学界对于富兰克林当年有没有进行类似的实验,究竟是怎么进行的实验,仍然说法不一。

但不可否认的是,富兰克林最终发明出了"避雷针",成功地把雷电从空中导入到地下,让无数的房屋、船舶和植被免遭雷电的袭击和吞噬。

富兰克林真是一个兴趣广泛的科学家!他一生"鼓捣"出了多少人类前所未有的事物啊!

他的好多发明几乎是不为人知的。比如,他改良了取暖的炉子,可以节省四分之三的燃料;他发明了老年人用的双焦距眼镜,既能看清楚近处的东西,又能看清楚远处的东西。

他为人类发明了这么多东西,却从来没有接受过其中任何一个专利权。大家公认,他是一个把名利看得很淡的人。

除了他最感兴趣的科学研究、科学发明,富兰克林对参与公益事业也有着超乎常人的热情。他与另一位杰出的人物托马斯·杰斐逊一起,起草了美国著名的《独立宣言》;他与赫赫有名的乔治·华盛顿一起,领导了美国的独立战争;他创办了美国第一所公共图书馆;他还是美国历史上的首位邮政局局长……

有人这样评价他:富兰克林不仅从苍天那里取得了雷电,还从暴君那里取得了民权!

1790年4月17日,一代科学巨人富兰克林永远地闭上了智慧的双眼。

渔夫的儿子

———— * ————

他建立了俄国第一所大学,说得更确切一些,他本人就是我们的第一所大学。

俄国诗人普希金曾这样评价他的一位同胞:他是一个伟大的人。他建立了俄国第一所大学,说得更确切一些,他本人就是我们的第一所大学。

普希金所说的这个人,就是俄国的科学家、语言学家、哲学家罗蒙诺索夫。他也被誉为"俄国科学史上的彼得大帝"。

罗蒙诺索夫说过一句名言:"第一个教大学的人,必定是没有上过大学的人。"他自己就是一个从没上过大学的人。但是令人称奇的是,他由一个从没进过大学校门的渔民的儿子,竟然成长为俄国第一所大学的创办人,还获得了"俄国科学之父"的美誉。

1755年1月20日,罗蒙诺索夫创建了俄国第一所大学——莫斯科大学。他是莫斯科大学的第一任校长。1940年,学校全称改为"国立莫斯科罗蒙诺索夫大学",以纪念这位

伟大的科学和文化巨人。今天，罗蒙诺索夫巨大的纪念铜像就矗立在莫斯科大学校园里，他用慈祥的目光注视和激励着有幸进入莫斯科大学读书的莘莘学子。

罗蒙诺索夫的童年故事和其他名人的励志故事一样，在世界各地拥有很多的小读者。

其中一个故事讲的是罗蒙诺索夫小时候最希望得到一本好书。他是渔夫的儿子，白天要跟爸爸出去打鱼，晚上就躲在板棚里看他心爱的图书。

有一天，他又跟着爸爸在海上打鱼，忽然一阵狂风吹来，大海上掀起了巨浪，船上的帆篷被吹落了，情况十分紧急。

罗蒙诺索夫不顾一切，沿着摇晃的桅杆爬了上去，很快把吹落的帆篷扎紧了，渔船也恢复了平稳。

等狂风过去之后，爸爸把他拉到身边说："好孩子，我要奖赏你，给你买件鹿皮上衣，怎么样？"

罗蒙诺索夫却摇了摇头。

"那你想要什么呢？"爸爸问道。

"我只想买一本书，爸爸。别的我什么都不要！"

"难道一件鹿皮上衣还比不上一本书吗？"

"爸爸，我只想要一本好书，最好是里面什么知识都有的书。比方说，天上的星星为什么会掉下来？为什么黑夜过去就是黎明？"

他的爸爸和一起出海的水手们听了，都惊奇得睁圆了眼睛。

还有一个故事讲的是罗蒙诺索夫有一年被爸爸带到附近村里的杜金家去相亲。一走进杜金家，罗蒙诺索夫就被书架上的一本书吸引住了。他的全部心思都放在那本书上了，对站在面前的那个漂亮姑娘，却一点儿也没在意。

离开杜金家时，罗蒙诺索夫对杜金兄弟说："我用我的鹿皮大衣和许多美丽的贝壳，来换你们家这本书行吗？"

杜金兄弟哭笑不得地回答说："这些我家可不稀罕，这样吧，如果你真的想要这本书，你就拿一头小海象来换吧。"

罗蒙诺索夫求书心切，竟然一口答应了。

回家后，他出去给一个商人干了整整40天的活儿，用挣来的工钱买回了一头小海象，送到杜金家，换回了他看中的那本书。

罗蒙诺索夫的家乡离莫斯科好几千公里，是一个十分偏远的小渔村，但这一点并不能阻碍他求知的脚步。他曾想尽了各种办法，从四周寻找和借回他喜欢的书看。后来各个角落都搜寻遍了，实在是找不到什么书了，他就发了一个誓愿：步行到莫斯科去读书！

他听说莫斯科城里有一个人是他的老乡,他就想法子来到人家家里,免费给人家干活儿,只要能给点儿吃的就行。

他在那个老乡家里做了一段时间的仆人。他用自己的劳动感动了那个人,那个人就把他介绍到一个学校里去读书。那年他已经19岁了。

他跟一些七八岁的孩子一起从一年级开始读起。短短几个月的时间,他就把所有的小学课程都学完了。后来,彼得大帝要派一批优秀的俄国青年到德国去学习,他很幸运地被选中了。

在德国,他像一个饥饿的人扑到面包上一样,凭着让人难以想象的刻苦和勤奋,一番"恶补",仅用了几个月的时间,就把拉丁文学会了。他成了全俄国的"学霸"!人们说,谁都没法跟罗蒙诺索夫学东西的速度相比。

他本来是学科学的,可是他写过很多优美的诗歌,连普希金小时候都迷恋过他的诗。

曾经担任苏联科学院院长的科学家瓦维洛夫说:"罗蒙诺索夫的影响力是不可估量的。我们的语音,我们的语法、诗歌、文学,全部都是从罗蒙诺索夫那里成长起来的。只有通过罗蒙诺索夫,我们的科学院才真正具有意义。"

俄国大评论家别林斯基也曾用诗一般的语言赞美说:

"罗蒙诺索夫就像神奇的北极光一样在北冰洋沿岸发出光辉。这个现象光耀夺目,异常美丽。这证明了一个人可以适应任何情况和任何气候,因为天才能够战胜厄运所设下的一切障碍。"

在文科方面,罗蒙诺索夫在文学、历史、哲学、语言修辞学等方面,都写出了著作;在科学领域,他是世界上第一个提出了"质量守恒定律"(即"物质不灭定律")雏形的科学家。此外,他还创办了俄国第一个化学实验室。罗蒙诺索夫真不愧为一位百科全书式的科学巨人!

"数学王子"

*

高斯是一位科学巨人、一位"跨界天才"。

高斯是德国的一位大数学家,有"数学王子"的美誉。然而,高斯一生不仅仅擅长数学,他还是一位杰出的物理学家、天文学家和大地测量学家。说高斯是一位科学巨人、一位"跨界天才",一点儿也不算夸张。

1801年,有几位天文学家在观测星空时,发现有一颗疑似行星从天文望远镜中一闪而过,随即隐没在了浩瀚的群星之中。怎么才能捕捉住这颗神秘的行星呢?

这时候,身为数学家的高斯,也对这颗行星着了迷。他很想试一试,看能不能解决这个令人捉摸不定的星体轨迹的难题。

果然,智慧过人的高斯利用天文学家提供的观测资料,不声不响地独创了一门"星空观测秘籍",只观测几次,他就算出了那颗行星的轨迹。

后来，这颗行星真的在高斯预言的位置上准确地出现了！它被视为人类发现的第一颗小行星，名字叫"谷神星"。

到了1820年前后，高斯又把注意力转向了大地测量上。他把自己熟谙的数学方法用来测定地球表面的形状和大小。他把很多时间都花费在了大地测量的理论研究和野外工作中。

高斯有一个天才的头脑，但他也有一些一般人只要坚持就能做到的好习惯。比如，他随身带着一个小记事本，一旦有了观察和发现，有了奇思妙想，他随时都会在本子上简单地记上几笔。这个习惯他坚持了近20年。

从他留下的这些语句简短的记事本中，人们确认了，高斯竟然为人类贡献了110多项科学成果，其中有些是他生前从未公布过的，直到将近一个世纪以后才被别的数学家重新"发现"并公布出来。

有人说，如果把19世纪的数学史想象为一条大江，那么，这条大江的源头就是高斯。

在代数和几何领域，有许多以数学家的名字命名的公式或定理，其中出现次数最多的一个名字就是高斯。

1777年，高斯出生在一个贫苦之家，他从小就表现出了超凡的复杂心算能力，并且这种能力到老都没有退步。

高斯3岁时，有一天晚上，父亲对着一本厚厚的账单抓

耳挠腮，算不出结果来。过了好久，父亲总算算出了一个结果，可是，站在一旁的他却笑着说道："爸爸，你算错了！答案是这样的……"

将信将疑的父亲重新又算了一遍，果然发现高斯给出的答案是对的。

高斯8岁时进入乡村小学读书。在数学王国里，高斯天才的光芒，是那么耀眼地闪烁了出来！

有一天，数学老师布置了一道题：1+2+3……这样从1一直加到100，等于多少？

高斯很快就算出了答案。

一开始，数学老师并不相信初学加法的高斯能算出正确答案，就说："你一定是算错了，再算算。"

高斯却信心十足地说："答案就是5050。"

数学老师满脸惊讶，问他是怎么算出来的。高斯告诉数学老师说："只要把1+2+3+……+100简化成(1+100)+(2+99)+……+(50+51)，这样只需要计算101乘50，就可以迅速得到答案。"

数学老师深感这个孩子天赋过人、前途无量，就把高斯引荐给了当地的斐迪南公爵。

在当时的欧洲，慷慨资助一些学者、科学家或有前途的年轻人是很多贵族和富翁都愿意做的事情。少年高斯的数学天赋打动了公爵，公爵同意资助他。高斯的命运由此发生了改变。

高斯15岁时进入了大学预科学院，来到了一个崭新的科学天地。慷慨的公爵一直资助高斯，让高斯完全没有后顾之忧，可以全身心地投入到科学研究之中。

高斯读大学期间，有一次老师给他布置了三道作业题。前两题他毫不费力地就完成了，但第三道几何题却难住了他，他苦思冥想了一整晚才做出来。第二天，他有点惭愧地去给老师交作业，还坦白地告诉老师说，第三道题让他熬了一夜。这说明，自己在数学上还有很长的路要走。

老师打开作业本后，顿时震惊了！

原来，这第三道题是古希腊时就流传下来的一个未解的难题：尺规作图画正十七边形。老师一直也在钻研这个难题，所以不小心把写着问题的草稿纸当成作业题一并交给高斯了。结果，这道2000多年来没人解出来的数学难题，被高斯当成有点难度的课后作业给完成了。

不仅如此，高斯还一并证明了哪些正多边形是可以通过尺规作图画出的，从而彻底解决了正多边形的尺规作图问题。

1797年，20岁的高斯完成了《算术研究》这本闪烁着奇光异彩的数学名作。但是因为高斯抱着精益求精的态度，

不断地在修正这部著作，所以这本书在他 24 岁那年才得以出版。

因为有了这本书，世界上从此有了把算数、代数、几何完美地结合在一起的研究方向，高斯把数论这枚数学中的"红宝石"也整理成了一门完整的学科。

高斯不仅获得了"数学王子"的美誉，也被认为是人类有史以来最伟大的数学家之一。

河边的男孩

---※---

所有生命的循环就是一场永不停息的竞赛。

达尔文小时候,最喜欢做的事是带着他的小狗到河边玩耍。

小河里的水很清澈,长满各种青青的水草。一些他叫不出名字的水鸟和昆虫每天在草丛里唱歌和鸣叫,小鱼小虾也在河水里游来游去。

达尔文喜欢来到小河边"探险"。因为只要他在河滩上随便掀开一块鹅卵石,就会发现一些小螃蟹躲藏在石头下,还有一些小蚯蚓在湿润的沙土里扭来扭去。每当这时候,他会盯着这些活泼的小生命观察好久。

他也喜欢观察河边各种植物的叶子。他从来没有找到过两棵一模一样的树,也没有看见过两片一模一样的树叶或草叶,更不用说一模一样的小鸟了。

有时候,他还会看见一些小蜗牛,背着自己的"小房子"

在草叶或草茎上慢慢地散步或晒太阳。蜗牛爬过的地方会留下一条湿湿的"小路",他想象着,那是蜗牛用自己的"小脚丫"踩出来的一行"小脚印"。

有时候,他还会发现大自然里的另外一些"奇观":下雨的时候,蝴蝶被淋湿了翅膀,再怎么用力也飞不起来了;青蛙会像闪电一样迅速地伸出长长的舌头,袭击和吃掉栖息在草茎上的蜻蜓;聪明的鹭鸟会紧盯着河水,然后一瞬间就能叼到一条鱼儿;蜘蛛会在草丛里结出一张亮晶晶的丝网,等待小飞蛾们自己送上门来……

"大自然多么有趣,隐藏着这么多惊人的秘密啊!"达尔文常常坐在小河边这样想。

他甚至还想过,河边的这些植物和动物的生命是从哪里来的呢?几十年、几百年、几千年之后,河边的这些小生命还会存在吗?

他观察到,无论是大树、水草、鸟儿、鱼虾、蚯蚓、蜘蛛,还是天上的太阳、月亮、星星、云彩,它们都在不停地活动着、变化着。他想,如果它们不存在了,大自然又会变成什么样子呢?

有一天,面对着潺潺流向远方的河水,达尔文轻轻地自言自语说:"小河,每天你都会给我一些惊喜,对吧?那么,

你也等着我吧，等我长大了，我一定会弄明白这一切的。"

1825 年，达尔文 16 岁，父亲把他送到爱丁堡大学学医。

不久，爱丁堡大学诞生了一个以古罗马博物学家普林尼命名的学会，叫"普林尼学会"。谁也没有想到，当初这个仅由几位热爱自然科学的大学生组织起来的课外小组，却在历史上留下了浓墨重彩的一笔！因为学会的创始人之一，正是后来成了自然学家、生物学家的著名的物种进化论的奠基人达尔文。

1828 年，达尔文考上了剑桥大学。父亲把他送进了剑桥大学神学院。

但是，医生和传教士都不是达尔文的梦想。他从童年时代起一直梦想着的，就是去探索大自然。

他在图书馆大量阅读的是植物学、动物选择和地质学方面的书籍，参加的都是外出研究昆虫、花草的课外小组。

有一天，达尔文敲响了位于爱丁堡旧城一个陋巷中的一间标本制作铺子的大门。见没人回应，达尔文推开门走了进去。

"先生，有什么能为您服务的？"一个黑人放下手中正在制作的飞鸟标本，毕恭毕敬地问道。

达尔文被他手中的那个鸟类标本吸引住了，好一会儿才

回过神来，友好地说："我是爱丁堡大学自然史博物馆的馆长介绍来的。"

"哦，自然史博物馆的，贵馆需要的标本我会尽快完成的。"那个黑人有点儿惶恐地说。

"不，不，我不是来催你工作的。我是来向你学习怎么制作标本的。"达尔文谦虚地说。

"啊？我，一个黑人，怎么能当像您这样高贵的白人绅士的老师？"那个黑人不敢相信自己的耳朵。

"我们的肤色不同，但肤色与知识无关。你是制作标本的行家，还希望你能不吝赐教。"达尔文诚恳地说，"这难免耽误你正常的工作，所以我会付给你报酬的。"

在那个不允许黑人进入学校学习的时代，达尔文的做法让这位黑人很受感动。他毫无保留地把制作标本的技艺传给了达尔文。

会制作标本为达尔文后来进行的改变他一生的、长达5年的环球之旅起到了锦上添花的作用。

1831年，达尔文从剑桥大学毕业。这年12月27日，他幸运地登上了英国海军勘探船"贝格尔"号（又称"小猎犬"号），开始环绕世界的科学考察航行。这是一次影响了达尔文一生的科学考察之旅。

他们先在南美洲东海岸的巴西、阿根廷等地和西海岸及相邻的岛屿上考察，然后跨太平洋至大洋洲，越过印度洋到达南非，再绕好望角经大西洋回到巴西，最后于1836年10月2日返回英国。

达尔文在随"贝格尔"号环球旅行时随身带了几只鸟，为了喂养这些鸟，他还在船舱里种植了一种名叫"草芦"的草，以便收获草籽。

《小猎犬号航海记》是达尔文以生物学家、博物学家的视角写的一本妙趣横生的科学考察著作。他不仅在书中讲述了地理和地质学的内容，记述了他耳闻目睹的沿途各国各地的风土人情，同时，他也像一位优秀的野外工作者，真实地记录了他所见到的各种土著生物种类，例如生活在不同岛屿上的生物，还有那些"流浪的殖民物种"，尤其是一些不为人知的新物种，等等。人们说，这本书揭开了许多生物的生命之谜。

"只有在这个伟大的海洋里航行过的，才能领会到它的浩瀚无边。连续几个星期的快速航行中，我们一无所见，除了这一成不变的、蔚蓝幽深的海洋。即使驶入一个群岛之中，岛屿也就像一个个的斑点，而且彼此离得远远的。习惯了看比例缩得很小的地图，上面点、面和名字都挤在一起，我

们无法正确地判断陆地与这广袤无垠的大洋相比多么微不足道。"

读着这样优美的文字，也许你会以为，这是出自哪一位作家之手吧？不，这正是达尔文在《小猎犬号航海记》里写的文字。

在达尔文一生的著作中，《小猎犬号航海记》和《物种起源》是公认的经典之作。《小猎犬号航海记》是达尔文青年时代的成名作，《物种起源》是达尔文最负盛名的生物学代表作。达尔文是一位著作等身的科学家，他却谦虚地说："我从未受过文体的训练，我写作时，只是先把材料在脑子里尽量理清，然后用我能够随手拈来的普通语言表达出来而已。"

《物种起源》与《小猎犬号航海记》有着紧密的联系。达尔文在参加环球科考的 5 年时光里，大部分时间都在陆地上做实地考察。正是他在动植物和地质方面进行了大量的观察和采集，再经过综合探讨，最终才形成了生物进化的概念。

《物种起源》是一本观察自然、思考生命、追寻和解释生命本源的书。达尔文认为，人类不是"上帝"和"神"创造的，而是由早期的生命进化而来的。所有生命的循环就是一场永不停息的竞赛。大自然就像一个公正的"裁判官"，决定着每一种生命的生存和消失，所有的生物都是这样循环和进化的。

后来,人们把达尔文提出的"生物进化论"学说列为19世纪自然科学的三大发现之一,另外两个发现是"细胞学说"和"能量守恒和转化定律"。

哭泣的昆虫

*

法布尔的一生，是为昆虫而活的一生。

法国生物学家法布尔的一生，是为昆虫而活的一生。他活着的时候，饱尝了生活的贫困和来自人世间的歧视与偏见，而唯一能够给他带来温暖与安慰的，是他所钟情的昆虫世界。

与法布尔同时代的作家都德说过："小时候的我，简直就是一架灵敏的感觉机器……就像我身上到处开着洞，以利于外面的东西可以进去。"用这句话来描写法布尔的童年时光同样合适。

法布尔出生在法国南部的一户农家。贫穷的山村生活没有给他的幼年送来玫瑰花，但慷慨无私的大自然却给这个天真的孩子送来了鸟巢、蘑菇、蟋蟀，还有白鹅、牛犊和绵羊等童年的玩伴。开满花的山楂树当虫子的床，一只扎了孔的纸盒架在床上，里面养上鳃角金龟和金匠花金龟，他心里便得到很大的满足。

法布尔小时候对花草虫鸟有着极大的好奇心。他一心惦记着一只小鸟的时候，往往非要亲眼看见鸟巢、鸟蛋和张着小黄嘴的鸟娃娃不可，说什么也得看。他说，这种好奇心使他在童年时代就萌生了观察它们的欲望。

法布尔7岁时进入乡村小学念书。不过，乡村小学的条件实在太简陋了。校舍里的一间正规房间，既是教室，又是厨房、饭堂和寝室，而门外就是鸡窝和猪圈。他的小学老师也是个颇有意思的人物——他除了要教孩子们认识26个法文字母，同时还兼任本村的剃头匠、旧城堡管理员、敲钟人、唱诗班成员和时钟维修工。小法布尔沉睡的心灵，竟被这位忙碌的和极有责任心的老师敲醒了！

他说："第一次穿上背带裤，开始坠入天书般读书的十里烟云时，我这天真的男童仿佛觉得，自己就像第一次找到鸟巢、第一次采到蘑菇时那么着迷。"

坐在简陋的教室里接受书本知识的同时，法布尔也常常跑到田野上的大课堂里，去认识由花草虫鸟们组成的那个自然世界。每次从野外回来，他的衣兜里都装满了金龟子、蜗牛、贝壳、蘑菇，以及别的叫不出名字的小甲虫和植物的花果。

10岁时，法布尔跟随父母迁到了本省的罗德茨市。父母

在市内开了个小咖啡馆,法布尔"跳级"进了罗德茨中学。由于家里仍然比较困难,他每逢周日就去教堂里干活儿,挣点儿学费。整个中学阶段,法布尔家因为生计所迫,几次迁居,漂泊不定。法布尔的中学学业也因此受了影响,断断续续的。但这一切并没有使少年法布尔意志消沉。他的求知欲不仅没有受到影响,反而更加强烈了。

15岁那年,他报考一所师范学校被正式录取。毕业后他进入一所中学当了一名教师,从此开始了长达20多年的教师生涯。

他一开始是当数学老师。有一次他带学生上户外几何课,课间休息时,他在一堆石块上突然发现了一个垒筑蜂的蜂窝。这仿佛是一道电光,将他心中自幼就十分感兴趣的那个昆虫生活的一角一下子照亮了!那一瞬间,他觉得自己的"虫心"就像一窝正在晒着太阳、睡着午觉的小山鹑,被一位偶尔走过的行人惊醒了,纷纷张开了晶亮的翅膀。

于是,他拿出一个月的工资买来了一本昆虫学著作。他已经下定决心,要做一个为昆虫书写传记和历史的人。他觉得,他从小时候就开始憧憬的,可以用尊姓大名,向田野大舞台上成百上千的演员们、向田边小道旁成百上千冲我们张开笑脸的小花们热情致意的时候,已经来临了。这一年,他还不到 20 岁。

法布尔曾把探索未知世界的情景比作一个人手持灯烛探看那些处于黑暗之中的、无限广阔和美丽的拼砖画的过程。他说，他自己就是这样一个持灯者，正在一步一步地移动，一小块一小块地照亮那些小方砖，使已知的图画面积逐渐增大，以便让更多的未知领域完美地显现出来。

在漫长的教学生涯中，法布尔一方面坚持自修，兢兢业业地提高自己的业务素质，先后取得了数学学士学位、自然科学学士学位和自然科学博士学位；另一方面，他利用所有业余时间，一丝不苟地进行动植物观察与记录，废寝忘食地致力于发现和揭示昆虫的生存真相。

他虽然收入微薄，生活清苦，但他有他的垒筑蜂、蝉、螳螂、西绪福斯虫、蟋蟀、螽斯和大孔雀蛾、萤火虫、坚果象鼻虫等做他心灵的友伴，他在精神上从来不觉得清贫和孤独。他所苦恼的是，他无力为自己创造更好的观察和研究昆虫的设施和条件。

没有昆虫学实验室，他就一点一点苦心积攒着资料，自开一个"荒石园"作为昆虫们和他个人的乐园。有时穷得揭不开锅了，他就忍受着羞愧，向富有的朋友借一点儿钱来维持生计。许多时候，当他满怀欣喜地聆听着蟋蟀和螽斯的琴

声、欣赏着丸花蜂和黄翅泥蜂的舞姿之时,他的肚子正饿得咕咕直响呢。

1879年,法布尔的《昆虫记》第一卷问世。他把他的第一篇颂歌献给了一种在许多人眼里也许没有什么好感的昆虫——食粪虫。他沿用古埃及人对这种昆虫的尊称,称之为"圣甲虫"。对生命的呵护与尊重,对生存本能的理解与尊重,对自己所热爱的事业的耐心与敬重,对未知的世界和真理的孜孜不倦、无怨无悔的求索之心,再加上整个昆虫王国里是非分明、井然有序的生活本相的真实展现,构成了《昆虫记》这部和谐的交响组曲的动人主旋律。

法布尔把自己的一生全部献给了那些不会说话的昆虫。当他年老了,行将离开他的昆虫世界的时候,他为全十卷精装本的《昆虫记》写下了一篇短短的序言。他写道:"阅尽大千世界,自知虫类是其中最多姿多彩的一群,即使能让我最后再获得些许气力,甚至可能再获得几次长寿人生,我也做不到彻底认清虫类的益趣。"

1915年11月,离他92岁生日只差两个多月,这位毕生与昆虫为伴,并且以昆虫为琴拨响人类命运颤音的巨人,溘然长逝。

他去世的时候,荒石园里那些尚未冬眠的昆虫,好像都在黑暗的角落里哭泣。它们用各自生命的鞘翅,为这位共同的老朋友合奏了一支安魂的乐曲。

元素周期律是怎样发现的

*

他不知疲倦地、一遍遍地"玩"着这些纸牌,收起,摆开;再收起,再摆开……

曾有一位记者问门捷列夫:"您是怎样想到和发现化学元素周期律的?"

门捷列夫回答说:"为了它,我考虑了20年呢!"

记者又问:"您是否承认自己是位天才?"

门捷列夫不假思索地说:"终身努力,便成天才!"

众所周知,俄国科学家门捷列夫对人类的最大贡献,是他发现了化学元素的周期性,并依照原子量,制作出了世界上第一张元素周期表。今天,所有学习化学的人,都离不开这张珍贵的元素周期表。

在门捷列夫之前,尽管有的科学家已经发现了一些化学元素,但对于这些元素之间是否存在着某种关系,并不十分清楚。1869年,当门捷列夫发现了化学元素周期律,这些元素之间的奥秘才最终被揭开。

那么，门捷列夫是怎样发现化学元素周期律的呢？

门捷列夫的父亲是一所中学的校长，在门捷列夫出生不久，父亲突然双目失明，只好退休回家。因为家境贫寒，生活条件十分艰苦，门捷列夫从小就懂得要刻苦努力，要发奋读书。好不容易上完了中学，16岁那年，他进入了圣彼得堡师范学院。1855年，门捷列夫以第一名的成绩获得了大学文凭，还被学院授予金质奖章和"一级教师"的光荣称号。毕业后，他到了一所中学教书。

他一边教书，一边钻研自己感兴趣的化学课题，后来有机会到德国深造，于1865年获得了博士学位，随后成为圣彼得堡大学的教授。

门捷列夫在教学中发现，很多教科书里都难以找到化学发展的最新成果，所以，他很想重新编一本化学教科书。

有了这个想法后，他立即行动起来。当他编写到有关化学元素和化合物性质这个章节时遇到了一个很大的难题：应该怎样去排列这些化学元素的次序呢？

当时，已经发现的化学元素有60多种，这些元素之间有没有内在联系呢？可不可以从中找出什么规律来呢？

带着这样的好奇心，他悄悄开始了探寻。一连几年，他都在苦苦思索编排元素表的事。

有一天，他冥思苦想着这些枯燥的化学元素，实在是太疲惫了，就趴在工作台上睡着了。结果，他做了一个梦。正是这个梦，给他带来了"灵感"。他梦见自己正在打牌，奇怪的是，手中的每张牌上都标着一种元素。不知怎么的，玩了一会儿，自己竟将这些元素排列分了类，还画了一张表，把各种元素填在表上，这样，一张元素表就出来了……

他高兴得咯咯笑了起来。这一笑，把他笑醒了。醒来后他看见自己两手空空，哪里有什么牌呢？眼前只有一些口水留在稿纸上，纸上也没有什么元素表。

不过，这个奇怪的梦让门捷列夫突然有了一种清晰的思路。他真的找来了一张硬纸，做成了一张张卡片。他在每张卡片上，写上了一个化学元素名称以及它们的原子量、化合物的化学式和主要性质，然后把这些卡片分类摆在桌子上。

他数了数，卡片一共有63张，因为当时人们已经发现了63种元素，其中金属元素48种，非金属元素15种。

在接下来的日子里，他不知疲倦地、一遍遍地"玩"着这些纸牌，收起，摆开；再收起，再摆开……

他一会儿按照每种元素的原子量的大小排列，一会儿又按照每种元素的性质排列……

不知不觉，冬去春来，他已经把这副"纸牌"玩得不成

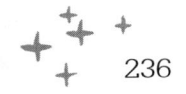

样子了。

有一天，门捷列夫又坐在桌前摆弄这些纸牌时，突然，他面前出现了一个之前完全没有看到过的现象：他发现，每一行元素的性质都按照原子量的增大在逐渐变化着……

门捷列夫激动得浑身都在颤抖！他想，如此看来，这些元素的性质和它们的原子量是有关系的。

门捷列夫兴奋得赶紧在记事本上记下了一行字：根据元素原子量及其化学性质的近似性试排元素表。

随后，他又大胆地修正了一些元素的原子量，改排了一些元素的位置，并在自己画的那张元素周期表里，留下了许多空位，这些空位代表着还有一些没有被发现的元素，同时，他也预言了它们的性质。

1869年是一个被写进世界科学史的年份。发生在这一年的一件重大科学事件就是：门捷列夫在化学元素符号的排列中，发现了元素具有周期性变化的规律。这年2月，门捷列夫正式发表了他发现的这个化学元素周期律。

1875年，法国化学家布瓦博德朗宣布，他发现了"镓"元素。门捷列夫得知消息后就写信给他，指出"镓"就是他曾预言过的"类铝"，并更正了布瓦博德朗所测量的镓的比重。

布瓦博德朗感到奇怪，心想，门捷列夫没有看到过"镓"，难道他能未卜先知吗？

　　本着严谨的科学态度，他进行了多次测定，结果证明门捷列夫的预言是正确的。

　　此后，门捷列夫"预言"过的元素陆续被发现。从此，元素周期律传遍了也惠及了全世界的科学界。

　　1907年2月2日，这位享有盛誉的化学家因为心肌梗塞与世长辞。这天，距离他的73岁生日只有几天时间。伟大的科学家离去了，但他把一张宝贵的化学元素周期表永远留在了世界上。他的那本伴随着元素周期律诞生的科学名著《化学原理》，至今还在惠及现代的科学家和所有化学爱好者。

"妈妈,我还没孵出小鸡来呀!"

———— * ————

天才是百分之一的灵感加百分之九十九的汗水。

1931年10月21日,足足有1分钟的时间,从美国密西西比河流域到墨西哥湾一带,同时陷入一片安静的黑暗之中……

这是整个美国在向几天前去世的一位伟大的发明家爱迪生默哀和致敬。

爱迪生是人类历史上伟大的发明家。世界上正是因为有了他发明的留声机、电影摄影机、电灯,后来的人们才欣赏到了美妙的音乐、电影艺术,享受到了无所不在的光明和温暖。

假如没有爱迪生,我们的世界当然迟早也会迎来灯火通明的一天,但这一天的到来,肯定会晚很多很多年。这是因为,很少有人能像爱迪生一样,每天埋头在实验室里十几个小时。即使他到了75岁高龄,仍然每天准时到实验室"签到"。

有人好奇地问过他:"先生,您打算什么时候退休呢?"

"哦,太忙了,这个问题我还没来得及考虑呢。"爱迪生挠挠头,十分为难地说。

爱迪生究竟勤奋到了什么程度呢?我们只要看一看他的发明就不难想象了。他一生的发明专利多达1 000多项!如果以平常人的工作时间计算,活到84岁高龄的爱迪生,相当于把自己的生命延长了几十年。所以,有一年爱迪生在他生日当天自豪地说:"我已经是135岁的人了。"

发明需要灵感,但灵感不是虚无缥缈的。所有的创造所需要的灵感,大都产生于长久的积累、体验和艰苦的思考。

爱迪生从小就表现出了喜欢思考的特质。

"老师,2加2为什么会等于4呢?"爱迪生歪着头问。老师被这个小男孩问住了,一时语塞了。

"爱迪生,这是公理!拜托你不要再问这么可笑的问题了。"老师也回答不出这样的提问,只好不耐烦地回答他说。

因为经常喜欢问一些奇怪的问题,爱迪生甚至被认为"智力低下"和"莫名其妙"。但他的妈妈却认为这是难得的品质,就决定自己亲自教育爱迪生。

"妈妈,母鸡为什么能孵出小鸡来呢?"

院子里一群正在觅食的小鸡,吸引了爱迪生的注意力。

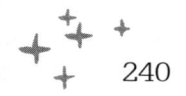

"真对不起，亲爱的，这个问题妈妈也回答不上来。"妈妈为难地说。

爱迪生想：我为什么不亲自试一试呢？

"亲爱的，你坐在那里一动不动，都好几个小时了，为什么不出去玩一会儿呢？"

"不，妈妈，我还没孵出小鸡来呀！"

"什么？原来你是在孵小鸡！"看到爱迪生学着母鸡孵小鸡的样子，妈妈忍住笑，解释道，"可是，你要知道，人类是孵不出小鸡来的。"

"不，我想试一试。"

爱迪生就是这样，什么事都想亲自试一试，什么事都爱打破砂锅问到底。如果得不到让他满意的答案，他会锲而不舍地试验下去。

因此，妈妈允许他在地下储藏室里建了一个属于他自己的"小实验室"。

12岁那年，爱迪生征得父母的同意，成了火车上的一名报童。从此，他游走在电报、电信公司里，和电结下了不解之缘。

1876年，爱迪生在新泽西州的门罗公园建造了一个"发明工厂"，还成立了一个专门的研究小组，开始工业化的科

学实验。在这个"发明工厂"里，诞生了许多推动人类社会发展进程的伟大发明。例如，他改进了早期的电话，使电话得到了普及；他制成了当时容量最大的发电机；他还发明了留声机。

1878年，爱迪生率领这个科研小组，又开始夜以继日地攻向电力照明这个巨大的堡垒。

"人生太短暂了，时间经不起半点浪费，我们要用极少的时间来办更多的事情！"爱迪生常常告诫身边的人要珍惜时光，不要浪费任何一点儿时间。

有一天，他在实验室里工作时，顺手递给助手一个没上灯口的空玻璃灯泡，说："请你测量一下这个灯泡的容量。"说完，他又埋头工作去了。

过了好一会儿，他头也不抬地问道："请问，容量是多少？"

没听见回答，他转头看了看，只见助手拿着软尺，正在测量灯泡的周长、斜度，并用已测得的数字在桌上计算。

爱迪生走过来，拿起那个空灯泡，向里面斟满了水，交给助手说："请把里面的水倒在量杯里，马上告诉我它的容量。"

助手照办了，瞬间就读出了数字。

爱迪生告诉他说："这么简单而准确的方法,你怎么没想到呢？像你那么烦琐的计算,得白白浪费掉多少时间呀！"

是的,他的1 000多项发明专利,哪一项不需要时间呢？所以他必须和时间赛跑！比如,为了发明出照明时间长、成本低、耐用的电灯,爱迪生花费了10年的时间,先后用6 000多种不同的材料做过灯丝试验。

正是有了这种执着、不畏困难、精益求精和孜孜不倦的精神,爱迪生才能成为公认的"发明大王"。

他有一句影响深远的至理名言：天才是百分之一的灵感加百分之九十九的汗水。

镭的光芒

———— * ————

在幽暗的破木棚里,镭发出了略带蓝色的荧光。

诗人马雅可夫斯基有一段美丽的诗句,说的是诗的创作:做诗和镭的提炼一样,一年的劳动,一克的产量。为了提炼仅仅一个词儿,要耗费几千吨语言的矿藏。可是比起老也烧不着的词的半成品来,这些词儿燃烧得多么痛快辉煌!这些词儿能在几千年间,鼓动起千万人的心房。

我们从这些诗句里可以知道,"镭"的提炼是怎样来之不易!

发现"镭"的人,正是伟大的科学家居里夫人和她的丈夫比埃尔·居里。

在发现镭之前,有一天,疲劳至极的居里夫人揉着酸痛的后腰,隔着满桌子的试管和量杯,这样问过比埃尔:"你说,镭,究竟会是什么样子呢?"

比埃尔回答她说:"无法想象。我只是希望它有美丽的

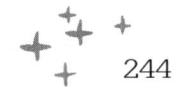

颜色。"

经过3年多的努力,他们终于在几吨的矿渣中提炼出了0.1克珍贵的镭。那一刻,他们发现,镭真的有极其美丽的颜色,在幽暗的破木棚里,镭发出了略带蓝色的荧光。在居里夫妇眼里,它比世界上最华贵的宝石还要珍贵!

居里夫人原名曼娅·斯可罗多夫斯卡,出生在波兰。她的父亲在一所大学担任数学和物理老师,母亲是一所女子学校的校长。

曼娅从小就特别能吃苦耐劳,学习非常专注。还在中学时,她就已经熟练掌握了好几种语言,中学毕业时获得了金质奖章。她渴望能继续学习,但为了帮助家庭和积攒学费,她不得不到乡村当了一名家庭教师。几年后,她带着一包旧衣服离开家乡,到巴黎求学。

在巴黎,她一心扑在学业上,从不为都市的繁华和奢侈动心。由于长期营养不良,她的体质非常虚弱,常常因为又饿又累而晕倒。

在寒冷的冬夜,屋里的水都结了冰,她冻得浑身颤抖无法入睡,只好把所有的衣服都找出来,尽可能穿得多一些钻进被窝里,然后再把剩下的衣服都盖在被子上,甚至把唯一的一把椅子也压在被子上。

巴黎美丽的春天，一次次地从她身边渐渐远去，她在巴黎度过了好几年的寒窗苦读岁月。

就在年轻的曼娅朝着自己的理想忘我奋斗的日子里，她结识了才华横溢的青年科学家比埃尔·居里。两个志同道合的青年人，就像两条奔流的小溪，汇合在了一起。曼娅从此变成了居里夫人。

1898年7月，居里夫妇向法国科学院提交了一份工作报告，肯定他们发现了一种新元素——它同"铋"相似，但能自发地发射出一股强大的不可见射线。居里夫人希望把这种新元素命名为"钋"。"钋"的法文意思就是波兰，她用这种方式感恩自己的祖国波兰，向祖国献上了一份依靠自己的才华而获得的礼物。

5个月后，居里夫妇又有了惊人的发现，他们在沥青铀矿中又查出了一种未知的元素。从化学性质上看，这种新元素很像金属"钡"，它的放射性比铀强百万倍。居里夫妇把这种新元素命名为"镭"。"镭"的拉丁文原意就是"放射"。

接下来，他们的工作就是必须提炼出纯净的镭。只有这样，才能用铁一般的事实向全世界宣告一种新的化学元素诞生了。

提炼镭需要大量的沥青铀矿，这需要资金去购买。但居里夫妇一直生活窘迫，他们的收入只能勉强满足最基本的生活需求，到哪里弄大量的科研资金呢？

最终，奥地利科学院满足了他们的需求和愿望，提供给了他们几吨免费的沥青铀矿渣。

当时，这对年轻的科学家夫妇并没有自己的实验室，只能在一个废弃的破棚屋里做实验。他们的大部分提炼工作就在院子里的简易大棚里进行。

几吨的沥青铀矿渣，要一锅一锅地煮沸，一刻也不能停止地搅拌，然后把一瓶瓶提炼物倒进倒出……这是一项超乎人们想象的、艰巨而又繁杂的工作。

因为请不起帮工，所以不管是严寒还是酷暑，居里夫人都要穿着布满灰尘、染满试剂的工作服，既当科研专家和技师，又当火炉工和小工。

她每天用一根和她差不多一般高的铁棍，在大锅里搅拌着一堆沸腾的沥青铀矿渣，火烤着她，烟熏着她，她的双眼布满血丝，喉咙疼痛难忍。到了晚上，她累得筋疲力尽，饭也吃不下，几乎连脱下工作服的力气都没有了。

就是在这样极端困难的条件下，为了增加一点点收入，好维持实验持续进行下去，居里夫人还兼着一所师范学院物理学讲师的工作。这时候，他们的女儿还小，正是时刻需要

妈妈的时候。但是，居里夫人没有被生活的艰辛吓倒，她凭着强大的毅力和坚强、乐观的心态，迎接和珍惜生活的每一天。

她这样说过："我们的生活都不容易，但是那有什么关系？我们必须有恒心，尤其要有自信力！我们必须相信我们的天赋是用来做某种事情的，无论代价多么大，这种事情必须做到。"

1902 年，在经过 3 年多艰苦的工作后，居里夫妇终于从几吨沥青铀矿渣中成功地提炼出了 0.1 克纯净的白色晶体。这小小的、看起来微不足道的 0.1 克白色晶体，却是他们舍弃一切安逸享受、历尽常人难以忍受的艰难困苦而得到的"结晶"。

因为居里夫妇发现了钋、镭的放射性现象，他们双双荣获了 1903 年的诺贝尔物理学奖。

在发现了镭之后，居里夫人仍然没有停下求索的脚步，她日夜不停地忘我工作着。同时，镭射线也在无声地侵蚀着她的肌体。她美丽健康的容貌在悄悄地消逝，她逐渐变得眼花耳鸣、浑身乏力。

正当居里夫妇的研究工作向纵深发展的时候，一个悲剧从天而降：1906 年 4 月 19 日，她最亲密的知己和合作伙伴、最亲爱的丈夫比埃尔·居里被一辆急速驶过的马车撞倒，当场身亡。

居里夫人非常悲痛，就像天突然间塌下了一半。但她忍受着深深的悲痛，咬紧牙关，默默扛起了这一切，继续全身心地投入到工作之中。最终，正如一位作家所描写的那样：她从一个漂亮的小姑娘，一位有着鲜活生命的端庄、坚毅的科学家，变成了科学教科书里的一个新名词"放射线"，变成了物理学的一个新的计量单位"居里"，变成了一条条科学定律和科学史上的一块永远的里程碑……

1911年，这位杰出的女科学家第二次获得诺贝尔奖。这一次，她获得的是诺贝尔化学奖。

一位女科学家，在不到10年的时间里，在两个不同的领域获得了世界科学的最高奖，这在人类科学史上是独一无二的。她成为人类历史上首位两次获得诺贝尔奖的科学家。

更令人难以置信的是，许多年后，她的聪明的女儿伊雷娜·居里，也获得了妈妈曾获得过的诺贝尔化学奖。

1934年7月4日，居里夫人因恶性贫血症离开了人世。她一生创造、发展了放射科学，勇敢无畏地面对和研究强烈的放射性物质，最终把自己宝贵的生命也贡献给了这门科学。

科学家爱因斯坦曾由衷地感叹说："在我认识的所有著名人物里面，居里夫人是唯一不为盛名所累的人。"

"怪小孩"

不受任何干扰，也不改变自己的方向，朝着一个目标，不可动摇！

1905年，当阿尔伯特·爱因斯坦向全世界公开发表了他的"狭义相对论"时，他的好朋友、喜剧大师卓别林立刻给他寄来了一封信，信上说："人们告诉我，您的相对论理论，没有谁能懂得，您真伟大！"

爱因斯坦却回信说："不，真正伟大的是您，因为您的喜剧艺术每个人都能看得懂。"

几乎是同时，在普林斯顿大学的花园小径上，一群大学生围绕着爱因斯坦，请求他为他们解释一下什么是相对论。

爱因斯坦回答说："其实很简单。当你坐在一个美女旁边，已经坐了两个小时，却觉得只过了一分钟；如果你挨着一只火炉，只坐了一分钟，却觉得像过了两个小时。这就是相对论。"

然而，他解释得越通俗，人们对相对论的理解越是不得要领。不过这并不妨碍世人对他的尊崇。

仍然是在普林斯顿校园里,曾给爱因斯坦画过肖像的一位画家问一位老校工:"我真是不明白,对爱因斯坦的科学著作的内容毫无所知的人为什么都如此仰慕他呢?"

老校工回答说:"很简单呀,当我想到爱因斯坦先生时,有这样一种感觉,仿佛我已经不是孤孤单单一个人了。"

这位老校工的感觉,正好与爱因斯坦在《我的世界观》里说过的一段话相互辉映。他说:"我每天上百次地提醒自己:我的精神生活和物质生活都依靠别人的劳动,我必须尽力以同样的分量来报偿我所领受了的和至今还领受着的东西。"

这些话,似乎能让我们感受到这位世界伟人和科学巨擘热爱人类、忘我地追求科学理想的高尚情怀。

爱因斯坦于1879年出生在德国南部的小城乌尔姆。他的父母都是犹太人,性格开朗,喜欢文学和音乐。可是爱因斯坦从小就不爱吱声,直到3岁才会说话,为此,全家都感到忧虑,甚至担心他是个"低能儿"。父母亲还特意请来了医生,给爱因斯坦做了全面体检。体检结果显示一切正常。

爱因斯坦5岁时生了一场病,于是变得更加孤僻和不爱说话了。家人觉得,这个孩子就像一只孤独的小猫,静静地

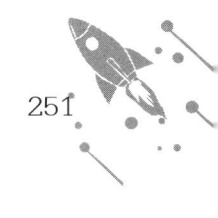

蜷伏在角落里，总是一动也不动。

有一次，爸爸拿来一个小罗盘给儿子解闷。爱因斯坦的小手捧着罗盘，罗盘中间那根针在轻轻地抖动，稳稳地指着北边。他把罗盘转过去，盘上那根针并没跟着转，依旧指向北边。爱因斯坦又把罗盘捧在胸前，扭转身子，再扭回去，可那根针还是转回来，指向北边。

这个罗盘让爱因斯坦来了精神，他的病似乎也好了，只有小脸上还写着深深的迷惑：为什么它总是指向北边呢？为什么啊？

他很想问问大人，可是他什么都没说。

他是一个不太爱说话的孩子。他宁愿自己思索去揭开谜底，也不愿意向别人刨根问底。

好像带着一种预见似的，爸爸给他的这个罗盘上那小小的指针，就像爱因斯坦未来的人生坐标：不受任何干扰，也不改变自己的方向，朝着一个目标，不可动摇！

上小学的时候，爱因斯坦因为反应"迟钝"，经常被老师呵斥、罚站。有的老师甚至对他有点儿不耐烦了，说："这小家伙真够笨的，什么课程也跟不上，真让人着急啊！"在学校里，大家都叫他"怪小孩"。

有一次上工艺课，老师从学生作品中挑出一张做得很不像样的木凳，对大家说："我想，世界上也许不会有比这更糟糕的凳子了！"同学们一阵哄堂大笑。

这时候，爱因斯坦红着脸站起来说："我想，也许这种凳子是有的！"说着，他从课桌里拿出了两个更不像样的凳子，说："这是我前两次做的，交给您的是第三次做的，虽然还是不行，可是比这两个强多了！"

他一口气在众目睽睽之下说了这么多话，连他自己都感到有点吃惊。老师更是目瞪口呆，坐在那里不知说什么好。

到了中学，他喜爱上了数学，就开始自学高等数学。

不知道从什么时候起，爱因斯坦变得爱提问了。面对他的奇奇怪怪的提问，数学老师感到很吃力。有时候，老师被他问得瞠目结舌了，只好怏怏不快地说道："阿尔伯特，你是上天专门派来为难我的吗？拜托了，如果班上没有你这个学生，我或许会更愉快一些呢。"

爱因斯坦因为只喜欢数学，不太喜欢别的课程，所以其他各科成绩都不理想，几乎没有一个老师喜欢他。按说他特别喜欢数学，数学老师应该很欣赏他，可是偏偏他与数学老师也相处得别别扭扭。

这样一来，训导主任断定他是一个"问题学生"，希望他退学回家，先把自己奇怪的性格改一下。

爱因斯坦为此感到闷闷不乐，他认为自己没做错什么。

他在孤独和迷茫中开始在书籍中寻找寄托，寻找精神力量。果然，一本本神奇的书把他带向了一个丰富、广阔、神奇和自由的世界。他在书中结识了阿基米德、牛顿、笛卡儿、歌德、莫扎特、贝多芬……这些伟大的人物，成了他最好的精神导师和心灵上的朋友。

爱因斯坦大学毕业时，正赶上经济危机爆发，他一度失业在家。为了生活，他到处张贴小广告或者依靠讲授物理获得每小时3法郎的生活费。不过，这段失业的日子，也让爱因斯坦在外出授课时，对传统物理学进行了不断的反思。

1905年3月，26岁的爱因斯坦发表了一篇论文，提出了"光量子假说"，成功地解释了光电效应现象；接着，他又度过了高度紧张和兴奋的两个多月，写出了一篇新的论文《论动体的电动力学》，著名的狭义相对论从此诞生了。人们说，这一年是"爱因斯坦奇迹年"。他的狭义相对论开创了物理学的新纪元，是人类物理学史上的一个伟大的宣言、一块耀眼的里程碑。

1916年，他又创立了广义相对论。因理论物理学方面的贡献，特别是发现光电效应定律，1921年他获得了诺贝尔物理学奖。

爱因斯坦被公认为是继伽利略、牛顿之后世界上最伟大的物理学家。1999年12月26日,他被美国《时代周刊》评选为"世纪伟人"。

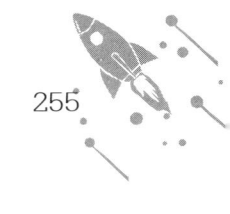

"狄拉克小路"

*

他腼腆害羞得像只小羚羊，优雅文静得像一位维多利亚时代的小姐。

1984年10月20日，被人们誉为"量子怪杰"的英国科学家、量子力学奠基人之一的保罗·狄拉克，在美国去世了。

这个不幸的消息，很快传到了英国一个名叫布里斯托尔的小城，这是这位物理学大师小时候居住过的地方。

为了表达对狄拉克的怀念，乡亲们在他住过的老房子门口挂上了一块醒目的蓝色标牌。市政部门也把房子前面的那条小路正式命名为"狄拉克小路"；离他故居不远处的一所小学的墙壁上也挂上了一块牌子，上面镌刻着象征狄拉克为人类作出杰出贡献的一个方程式——著名的"狄拉克方程"。

1933年，狄拉克和奥地利物理学家薛定谔因为发现了量子力学的基本方程——"薛定谔方程"和"狄拉克方程"，所以获得了当年的诺贝尔物理学奖。

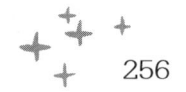

狄拉克是世界公认的一位物理学天才。

1927年，只有25岁的狄拉克被邀请参加了著名的索尔维会议，与爱因斯坦等理论物理学大师坐在一起，讨论量子力学的解释问题。后来为他写传记的作家说，当时能够出席这个会议就意味着，这个年轻人已经被接纳进入了理论物理学殿堂的最顶层。

1932年，30岁的狄拉克成为剑桥大学卢卡斯数学教授。要知道，曾经担任过这个职务的人，第一位是牛顿的老师巴罗，第二位就是牛顿本人。

仅仅过了一年时间，举世瞩目的诺贝尔物理学奖的桂冠，就落在了狄拉克的头上。

有一个鲜为人知的细节是：当狄拉克得知自己被授予诺贝尔物理学奖时，他的第一个反应竟是想拒绝瑞典皇家科学院给予他的这个殊荣。这是为什么呢？原来，狄拉克性格十分内向，不善交际，更不愿意成为轰动世界的新闻人物。

幸好另一位曾在1908年获得过诺贝尔化学奖的科学家卢瑟福说服了他。卢瑟福告诉他："你可要仔细想好啊！假如你真的拒绝接受诺贝尔奖，那你就会成为更加轰动的新闻人物！"

狄拉克觉得卢瑟福说得有道理,就打消了自己最初的念头。在诺贝尔奖颁奖前夕,狄拉克的妈妈陪着他,去斯德哥尔摩领奖。

当时,伦敦有一家报纸在新闻报道里描述说:"他腼腆害羞得像只小羚羊,典雅文静得像维多利亚时代的小姐。"狄拉克在接受记者采访时,与记者有过这样的对话:

狄拉克:我的工作并没有实用价值。

记者:但它可能具有实用价值吗?

狄拉克:那我不知道。我想不会有吧。不管怎样,我研究我的理论已经有8年了,现在我已经开始推出一个关于正电子的理论。我对文学不感兴趣也不听音乐。我脑子里只有原子理论。

记者:那么在过去的8年间您所建立的科学世界有没有影响您对日常事物的看法呢?

狄拉克:我不是个疯子。换句话说,如果那样(确实有影响)我早就疯了。我休息的时候,当然也就是说当我睡觉或是散步或旅行的时候,那我会和我的工作和实验完全隔绝。这很有必要,否则这里会爆炸的(狄拉克用手指着自己的脑袋)。

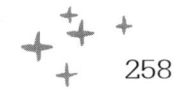

狄拉克说得没有错。他不是一个疯子，他也要像正常人一样生活、工作和休息。但是他所潜心研究的原子理论、量子理论，也确实缺少知音，与人们的日常生活距离非常遥远。

据说，就是在瑞典皇家科学院的诺贝尔奖物理委员会里，能对狄拉克的科学成果作出评价的人屈指可数。

当时，诺贝尔奖物理委员会共有5位委员，只有奥辛、胡尔森两位科学家对量子理论有比较深入的了解。但是，随着时间的推移和人们对科学世界的认识越来越深刻，从事量子理论研究的专家们，也都公认狄拉克是一位可与爱因斯坦、玻尔、普朗克相提并论的天才。

专家们说，狄拉克一系列的关于量子理论的论断和正电子的预言，后来都被证明是完全正确的。尤其是那个著名的"狄拉克方程"，如今在任何一本权威的量子力学教科书里，都是必不可少的一章。

物理学家杨振宁在一次演讲中说过，他最佩服的3位20世纪的物理学家就是爱因斯坦、费米和狄拉克。杨振宁还说，狄拉克解决问题的方法像是神来之笔，读狄拉克的论述有一种"秋水文章不染尘"的感觉。

有人说过，20世纪物理学的第一位巨人，毫无疑问是爱因斯坦。那么，谁是第二位或第三位呢？能少了狄拉克吗？

谁从我童年的窗外走过

———— ✻ ————

一定不要盲目崇拜和相信，凡事一定要先弄清楚真相，看到事物的本质。

费恩曼是美国著名物理学家，1965 年诺贝尔物理学奖得主。费恩曼为世界贡献了以他的名字命名的"费恩曼图""费恩曼规则"和重整化的计算方法，这些都是研究量子电动力学和粒子物理学的重要工具。他还写过《费恩曼物理学讲义》《物理之美》等有名的科学著作。

1986 年，费恩曼接受委托调查"挑战者"号航天飞机失事原因。费恩曼做了著名的 O 形环演示实验，只用一杯冰水和一只橡皮环，就在国会向公众揭示了"挑战者"号失事的根本原因——低温下橡胶失去弹性。他的演示曾引起全世界的瞩目。

费恩曼在回忆起童年时代父亲对他的影响和帮助时曾说过，一开始，他并没有以为自己的爸爸有多么了不起，他只知道自己的爸爸懂得很多知识，他曾想当然地以为，那些知识任何一个做爸爸的都应该知道。

有一天，费恩曼正在玩马车玩具。车斗里有个球，拉车时，他对那个小球的运动方式感到好奇，就找到爸爸说："嘿，爸爸，我注意到一件事。我一拉车，球就滚到了车后边，当车停住的时候，球又滚到了车前边。这是怎么一回事呢？"

"那个嘛，说起来很简单，"爸爸告诉他说，"其中的原理是，运动的物体总是趋于保持运动，静止的物体总是趋于保持静止，除非你用力推它，这种趋势叫做惯性。可是，很少有人会去追问为什么会这样。孩子，你能够这样去追问，太好了！"

费恩曼跑回去，把球放到小车上，站在一边继续观察。他发现，爸爸说的话完全正确。

"我的爸爸就是这样教我的，用一些小例子和我讨论。没有给我压力，只给我鼓励，并且和我一起兴味盎然地讨论。这种教育，成了我一生的动力，使我对所有的科学感兴趣，我只不过碰巧在物理学上做得更好而已。"长大后，费恩曼这样回忆说。

还有一次，本地图书馆里进了一本关于微积分的书，据说很难读懂。这时候，费恩曼已经从《不列颠百科全书》里知道，微积分是一门重要而有趣的学问，他想："我应该好好学学它。"

那天，费恩曼在图书馆里看到这本讲述微积分的书时十分兴奋。他跟管理员说:"我想借阅这本书。"

图书管理员看了看他,微笑着说:"你这个小家伙,这是大人看的书呢!你要借这本书吗?"

"不,不是我看,是我爸爸要借阅。"费恩曼只好临时撒了个谎。就这样,他把这本很难懂的书带回家,开始接触微积分了。

那一年他才13岁。

除了物理和数学,他的爸爸还教会他许多别的知识。小时候,爸爸常把他放在自己的腿上,让他看一些报刊插图。

有一次,一张插图上面画的是一群信徒正对着教皇鞠躬。爸爸说:"你看看这些人,一个人站那儿,其他人都朝他鞠躬。你看看,他跟别人有什么区别呢?"

"没有什么区别呀!"

"是的,什么也没有,可就因为他是教皇。"这时候,爸爸告诉费恩曼说,"教皇也是个人,跟所有人一样,也有各种各样的问题。他也得吃喝拉撒,洗澡也得脱下衣服呢。"

多年后,费恩曼才明白,爸爸的意思是说:一定不要盲目崇拜和相信,凡事一定要先弄清楚真相,看到事物的本质。

"我的整个童年时代是在爸爸的鼓励中度过的。他对我一直很满意,这使我对自己的未来总是充满信心。他送我上

这所大学和那所大学，为的是让我弄明白更多的东西。看着我朝着成功，包括朝着诺贝尔奖一点点靠近，他是那么自豪。"想起自己的爸爸，费恩曼的心里总是怀着深深的感激。

一位好父亲，胜过一百位好老师。瑞典诗人、诺贝尔文学奖获得者拉格克维斯特曾经在诗中这样写道："谁在我童年时代从窗户旁经过，往玻璃窗上呵着气。在我的童年，在那深深的没有星光的夜晚，是谁走过。他用手指在窗户上做了一个记号，在湿淋淋的玻璃上，用他柔嫩的手指，沉思着往前走……"他写的是小时候对父亲的记忆与感受。

父爱是一座坚不可摧的桥梁，它能跨越冰封雪冻的江河，超越停滞不前的空间，即使关山阻塞，迢迢千里，即使大地雪冻冰封，天空云遮雾障。正如另一位诗人何塞·马蒂所写的："我望着摇篮，我的儿子正在成长，我没有休息的权利！"

1988年2月15日，一代物理大师费恩曼与世长辞，享年70岁。他去世的那天，学生们在他多年工作过的加州理工学院的图书馆大楼上挂起了一条横幅，上面写着一行大字："迪克（费恩曼的爱称），我们爱你！"

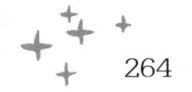

追寻万物的秘密

※

他用自己的思维引领着 21 世纪的人们，不断改变着对世界和宇宙的认知边界。

全世界的科学家中，也许再也找不出第二个人能像霍金那样，具有异乎寻常的坚韧毅力和无比顽强的生命力。

霍金因患肌肉萎缩性侧索硬化症，被禁锢在轮椅上 50 多年。但他凭着令人难以置信的毅力，克服了身体的残障，写出了划时代的科学名著《时间简史》，成为世界科学界和宇宙学的传奇人物。

众所周知，他在生活上无法自理，不能书写，甚至口齿表达也不清晰，只能常年坐在轮椅上。但他的思想和想象力一刻也没有停止过。他超越了相对论、量子力学、大爆炸等物理学理论，跨进了茫茫宇宙的大境界之中。他用自己的思维引领着 21 世纪的人们，不断改变着对世界和宇宙的认知边界。

霍金于 1942 年 1 月 8 日出生在英国牛津。好像冥冥之

中带着几分预言色彩，霍金出生那天，正好是伟大的科学家伽利略逝世 300 年纪念日。

霍金的父母都毕业于牛津大学，父亲是热带病专家，母亲致力于哲学、政治和经济学研究。良好的家庭教育背景自不必说，但据说童年时的霍金学业成绩并不怎么突出，他反而对那些设计上显得比较复杂的玩具感到好奇。他在小学时就曾用一些废弃的电子材料组装了一台简单的电脑。

1959 年，17 岁的霍金考入牛津大学攻读自然科学。他用了很短时间就获得了一等荣誉学位，随后转到剑桥大学攻读宇宙学。

不幸的是，有一次他从楼梯上摔下来，造成了暂时的记忆丧失。在剑桥大学时，他的身体状况越来越恶化，连讲话都变得有些含糊不清了。

1963 年，霍金在医院里住了两个星期，经过各种各样的检查，他被确诊患上了肌肉萎缩性侧索硬化症，俗称"渐冻症"。医生断定他活不过两年。当时，霍金只有 21 岁。

难道说，破解宇宙的梦想，真的就此彻底崩溃和终结了吗？

霍金曾说："在我 21 岁时，我的期望值变成了零。自那以后，一切都变成了额外津贴。"

1985年,他因患肺炎做了穿气管手术,被彻底剥夺了说话的能力。此后,他所有的演讲和问答,只能通过语音合成器来完成。

他主要研究的是宇宙论和黑洞。他在证明了广义相对论的奇性定理和黑洞面积定理之后,提出了黑洞蒸发现象和无边界的霍金宇宙模型。他的那套理论非常深奥难懂。爱因斯坦的相对论和普朗克的量子力学已经是世界上最难懂的两部"天书"了,然而,霍金在20世纪物理学的这两部"天书"之后,又往前迈出了重要的一步。霍金因此被称为继牛顿、爱因斯坦之后人类最杰出的物理学家之一,人们甚至把他称为"宇宙之王"。

霍金是一位幽默的智者。他曾调侃道:"大众一定会好奇,一位残障人士为什么会想到这么多宇宙论?"

实际上,霍金并不是人们想象中的一个只会冥思和幻想的"科学怪人"。

有一次,霍金演讲结束后,一位女记者冲到演讲台前问道:"霍金先生,病魔已将您永远固定在轮椅上,您不认为命运让您失去太多了吗?"

霍金脸带笑意,用他还能活动的三根手指,艰难地叩击键盘后,显示屏上出现了四行文字:

我的手指还能活动，
我的大脑还能思维；
我有终生追求的理想，
我有爱我和我爱的亲人和朋友。

在回答完那位记者的提问后，他又艰难地打出了第五句话：

对了，我还有一颗感恩的心！

轮椅可以禁锢霍金的身体，但禁锢不住他对生活的热情和活跃的思想。他兴趣广泛，甚至比一些健康和健全的人更加热爱生活。

2012年，霍金在热播的美剧《生活大爆炸》第五季中本色出演，扮演了他自己。

而比这一次更早的是1992年，他在《星际迷航：下一代》中也客串过自己，与扮演牛顿、爱因斯坦的演员一起打过桥牌。

你甚至无法想象，坐在轮椅上的霍金还去过南极洲，乘过潜水艇，甚至还预订了维珍航空的太空旅行舱位。

他还喜欢搞一些恶作剧，比如，他会不动声色地用自己的轮椅轧一下他讨厌的某个人的脚指头。在 1976 年的一次英国皇家宴会中，查尔斯王子就不幸中招。霍金在成功实施了自己的"阴谋"之后，高兴地坐着轮椅转了一圈儿。

霍金在自传里谈到这件事时意犹未尽地写道："我人生中最大的遗憾之一，就是没有轧过撒切尔夫人的脚指头。"

2014 年，一部根据霍金的故事拍摄的电影《万物理论》在伦敦完成后，72 岁的霍金接到邀请观看了这部片子。两个小时后，放映室的灯光亮起，秘书帮霍金擦去了眼角的一行泪水。霍金说，这部电影让他看到了自己，他被寻找万物秘密的那个人的故事深深感动了……

2018 年 3 月 14 日，伟大的物理学家霍金在英国剑桥大学的家中去世，享年 76 岁。他的逝世，如同一颗巨星陨落。这位在轮椅上度过了大半生的科学家一次又一次把人类的目光引向宇宙，并用他独特的人生经历为我们诠释了人生的意义和价值。现在，他一定是独自去探索宇宙了。

云杉与丝柏

———— ∗ ————

拯救地球，拯救地球上其他的生命，也就是在拯救人类自己！

美国女艺术家萨斯曼凭借着惊人的勇气和毅力，花费了长达 10 年时间，足迹几乎踏遍全世界，寻找那些存活了 2 000 年以上的古老生命。她被人们称为真正的"女汉子"。

她把自己独闯天涯、寻找古老生命的亲身经历写成了一本书——《世界上最老最老的生命》。美国一家权威杂志评价说："这本书展现了几乎永生的事物，这些古老生物所体现的深度和广度，令人瞬间感到了自己的渺小，而它们的命运又令人顿生悲悯之心。萨斯曼给人们带来的是科学、美与永恒的交汇。"哈佛大学的一位博物学教授说："《世界上最老最老的生命》以戏剧性的方式，为我们打量身边的生命世界增添了一种迷人的新视角——可以说是恐龙的视角。"

这本书的封面上，是一幅古老的挪威云杉树的摄影作品。你能想象得到吗？这株云杉已有9 550岁！为了保护这株将近万年树龄的老树，萨斯曼在发布图片时故意隐去了具体的拍摄地点。

书中每一幅珍贵的图像，每一种古老的生命，仿佛都在提醒着人类：世界是属于你们的，同时也是属于人类之外的其他生命的；当人类的生存霸权使更多的生命濒临灭绝，世界不再属于它们的时候，那么，归根结底，世界也不会再属于人类。而拯救地球，拯救地球上其他的生命，也就是在拯救人类自己！

毫无疑问，萨斯曼寻找到的每一种珍贵的、古老的生命，都像是一个不可思议的、童话般的奇迹。

她找到了形状像棉花糖一样最古老的深海珊瑚；找到了已经存活了60万年的一种土壤细菌；找到了由一棵树而长成一片森林的美洲山杨；找到了一棵活了3 500岁的丝柏……

她也听说过，在中国贵州的李家湾有一棵"银杏王"，树龄大约有4 000岁了，她希望有一天能去拍摄这棵"树王"。

当人们好奇地询问这位女科学家这十几年来最难的一次

寻找和拍摄经历时，她说，非南极苔藓莫属。

为了找到一种持续生存了 5 500 年的南极苔藓，她先是花了很长时间，确定它的大致年龄，开始做原始研究；然后又做了许多工作，找出最新的卫星图像，确认了它的确切地理位置。她说，如果不这样做，很有可能一到南极，她就会发现自己根本不知道该朝哪个方向去寻找。接下来，她得弄清楚哪艘船或许会开往南极的那个方向；然后，她又等待了两年的时间，终于得到批准，以"客座研究员"的身份登上了一艘南极科学考察船。

最终，她到达了冰天雪地的南极。她要找的这种苔藓生长在象岛上，也就是著名的极地探险家欧内斯特·沙克尔顿和他的探险队遇难的地方。"天气是否好到能够接近那里，就全靠你的运气！"她说。好在她的运气还不错。有一次，她冒险乘上了一艘橡皮艇，在波涛起伏的南大洋中航行到了象岛，终于拍摄到了她梦想了多年的已经生存了 5 500 年的南极苔藓。

萨斯曼说，这些在地球上持续生活了几千年的生物，与人类今天生活节奏不断加快的现代文明社会，形成了强烈的、巨大的反差，她希望她找到的这些生命和为它们拍下的"肖像"，能够拉近人类与这些古老生命的距离。因为，

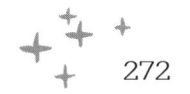

这些老得不能再老的生命,足以让我们重新审视时间概念,也为人类重新理解地球上的生命提供了最珍贵的视角,就像前面提到的那位哈佛大学教授所说的"恐龙视角"吧。

然而,她每一次的寻找和发现,都意味着一次生命的历险。

萨斯曼说:"有些不幸的遭遇在意料之中,比如,我在澳大利亚被大蚂蝗叮过,在多巴哥岛被珊瑚虫蜇过。后来,珊瑚虫在我的腿上活了好几个月。这些小麻烦就像一种提示,提醒你是在做一些非比寻常的事情。"

有时候,她需要付出伤痛乃至血的代价。有一次,她在斯里兰卡一个偏远的地方探访时扭伤了手腕,好长时间都无法工作。还有一次,她一个人在格陵兰迷了路,而且没有任何与外界联系的手段,差点就在世界上失踪了……

"我一次次面对恐惧,有一个人在泛美公路上开车的恐惧,有学习水肺潜水时对深水的恐惧,还有穿越德雷克海峡前往南极洲时的恐惧——德雷克海峡是世界上最危险的开阔水域之一,而那次又是我第一次在海上过夜。"她曾这样回忆说。

萨斯曼发现了许多古老的生命,向人们呈现了它们的神奇、美丽、丰富与顽强,同时,她也告诉我们,这些古老的

生命还有极其脆弱的一面。她对记者说，仅仅在最近的5年时间里，她所发现的古老生物中，又有两种永远离开了我们。其中有原先生长在南非比勒陀利亚的地底森林，这片地底森林寿命最长的已有1.3万岁！可惜的是，一条新建的公路直接从它们头顶碾过去了。还有那棵活了3 500岁的丝柏，一些未成年人在树洞里吸毒，导致了它的死亡。

当记者向萨斯曼问道"是什么动力促使您去寻找和拍摄地球上活得最久的生物"时，萨斯曼回答说："我一直都热衷于科学、艺术和哲学，尤其是环境保护……这份寻找既是心智上的——思索如何将艺术、科学以及深层时间这样的哲学概念融为一体，同时也在现实生活中发生。例如，2004年我的日本之行，结果变成寻访一棵传说树龄有7 000年的古树的神奇探险……"

"那么，还有什么是您想拍但还没有拍摄到的生物吗？"记者问。

萨斯曼回答说："还有那棵古老的中国'银杏王'；此外，还有一丛4 265年的黑角珊瑚，在夏威夷群岛的深海之下；还有一丛6 000年的黑角珊瑚，生长在挪威大陆架以外；最后，还有一种叫做'火山海绵'的动物，它生活在南极，科学家们发现，在美国南极科考站附近的一些火山海绵已经持续生

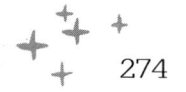

长了 1.5 万年……"

萨斯曼对地球上最古老生命的寻找和发现之旅，被人们誉为"奥德赛式的史诗之旅"。